U1068566

诺贝尔文学奖获奖者散文丛书

努奥洛风情

Costumi di Nuoro

〔意大利〕黛莱达 著

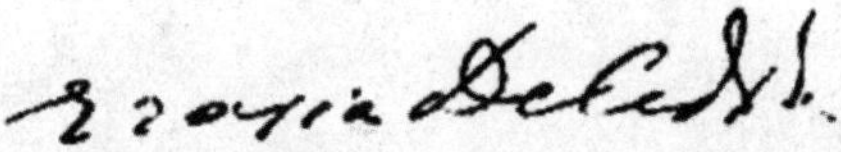

吴潇越 译

江苏凤凰文艺出版社
JIANGSU PHOENIX LITERATURE AND ART PUBLISHING, LTD

图书在版编目（CIP）数据

努奥洛风情 /（意）黛莱达著；吴潇越译. 一 南京：江苏凤凰文艺出版社，2015（2022.8 重印）
（诺贝尔文学奖获奖者散文丛书）
ISBN 978-7-5399-6891-9

Ⅰ. ①努… Ⅱ. ①黛… ②吴… Ⅲ. ①散文集一意大利一现代 Ⅳ. ①I546.65

中国版本图书馆 CIP 数据核字(2015)第 000021 号

书　　名	努奥洛风情
著　　者	（意）黛莱达
译　　者	吴潇越
责任编辑	孙金荣
出版发行	凤凰出版传媒股份有限公司 江苏凤凰文艺出版社
出版社地址	南京市中央路 165 号，邮编：210009
出版社网址	http://www.jswenyi.com
经　　销	凤凰出版传媒股份有限公司
印　　刷	三河市燕春印务有限公司
开　　本	880 毫米×1230 毫米　1/32
印　　张	8
字　　数	190 千字
版　　次	2015 年 3 月第 1 版　2022 年 8 月第 2 次印刷
标准书号	ISBN　978-7-5399-6891-9
定　　价	59.00 元

（江苏凤凰文艺出版图书凡印刷、装订错误可随时向承印厂调换）

译者序

作为意大利第二大岛屿的撒丁岛，相较于大名鼎鼎的西西里岛而言，似乎总是处在被遗忘的角落。一位来自撒丁岛的姑娘和我开玩笑：“你看，我们这儿连侵略者们都懒得来。”

四年前的夏天，译者曾和撒丁岛有过一面之缘。现在看着那时拍下的照片，仿佛都能感受到阳光照射在皮肤上的灼热。在撒丁岛的那几日，几乎都是面朝着大海晒太阳，从一个城市的沙滩换到另一个城市的沙滩，沿途的风景并无太大差别，都是高大壮硕的植物和没有一丝云彩的蓝天，近一点是山，远一点是海，完全是地球本来的模样。

撒丁岛的生活也不拘小节，几块气孔大小不一的面包就着新切的奶酪，对于当地人来说就是无比的美味；可以在晒得发烫的石头上躺一天，晒出一身发红的古铜是每个姑娘的心愿；守店的老奶奶自顾自地编织着草篮，往来的游人对她没有一丝影响；孩子们在街道中穿梭奔跑，斑驳的墙壁间回响着打闹与嬉笑。

这里没有雄伟的建筑，没有震撼的雕塑，没有细腻的绘画，撒丁岛就这么独特地存在着，特别真实地存在着。

1926 年诺贝尔文学奖获得者、意大利女作家格拉齐亚·黛莱达出生在撒丁岛的努奥洛市，正来自这样一片与世隔绝，被人遗忘的土地。在黛莱达所创作的大部分作品中，人物是撒丁岛的人，景色是撒丁岛的景，她用毕生的精力与心血将自己的家园带到世人的面前。黛莱达了解撒丁岛的一草一木，了解这里人们的一言一行，她一直在观察，在思考：在平凡的生活场景中，深刻地体会到人生的甜蜜与苦涩；从那些看似荒唐可笑的民间风俗中，感受到人民对于生活的期待与向往。黛莱达是撒丁岛的孩子，撒丁岛是她的根。

《黛莱达散文集》全书分为三大部分：第一部分是《黛莱达与诺贝尔文学奖》，选择翻译了1926年诺贝尔文学奖颁奖典礼上瑞典文学院的官方颁奖词，向读者提供黛莱达所取得的文学成就的全方位概括与总结；第二部分是对于黛莱达所著民俗专著《努奥洛的民间风俗》的翻译，希望能带领读者们一同走进撒丁岛，走进黛莱达的故乡努奥洛，走进黛莱达所看见的、所感受到的真实生活；第三部分选取了黛莱达1891年到1909年给意大利著名的记者、评论家斯塔尼斯·芒卡的部分书信进行翻译，试图更加走进这位诺贝尔文学奖女作家的内心世界。

在整个翻译过程中，译者秉承着完整传递原文信息，并最大限度地接近中文阅读习惯的原则，对于所选取的文章进行全面细致地翻译，力求将黛莱达的文学精神完整优美地呈现在读者面前，同时译者也真诚地接受读者对于译文不足处的建议与指正。

最后，对于在翻译过程中给我以极大帮助的 Paola Marras 女士与郎慧女士表示衷心的感谢，因为有你们，这本书的翻译才真正地做到“信、达、雅”。

吴潇越

目录 CONTENTS

第三辑　黛莱达书信选

第一辑　黛莱达与诺贝尔文学奖

格拉齐亚·黛莱达是1926年诺贝尔文学奖获得者，黛莱达得以获此殊荣，皆因“她在其理想主义情怀的激励下写就的伟大创作，其作品以柔软可塑的清晰性对作者家乡的岛屿生活进行了全景式的描绘，其文字中饱含着对于人类所面临的共同问题的深度思考与深切同情”。

格拉齐亚·黛莱达于1927年正式接受瑞典文学委员会所颁发的1926年文学奖。这是因为，在1926年的评选过程中，诺贝尔文学奖评审委员会认为，当年获得提名的文学作品均未能达到诺贝尔奖创始人阿尔弗雷德·诺贝尔对文学获奖作品的要求。根据诺贝尔基金会的规定，当年空缺下来的奖项可被保留到下一年再予以颁发。委员会严格贯彻颁奖原则，因此格拉齐亚·黛莱达在1927年获得了1926年的诺贝尔文学奖。

诺贝尔基金会文学奖颁奖典礼官方致辞

发言人：诺贝尔基金会主席亨里克·舒克

（1927年12月10日）

瑞典文学院将1926年的诺贝尔文学奖授予意大利作家格拉齐亚·黛莱达女士。

格拉齐亚·黛莱达生于撒丁岛小城努奥洛，她曾在那里度过了自己的童年与青年时光，当地自然的风光和淳朴的民风深深地镌刻在了她的脑海中，并化为她日后文学作品中的灵魂与精神。

黛莱达可以从她的闺中窗格里一眼望见不远处的余余山脉，漫山黑影般覆盖着的浓密森林，以及那些锯齿般挺立的灰色山峰。在光影瞬息的变幻中，远处此起彼伏的石灰岩山脉时而身披紫罗兰色，时而又穿上柠檬黄或深蓝色的外衣。远远望去，真那珍图[①]的雪峰在阳光的照耀下时隐时现。

努奥洛与世隔绝般地独立于这花花世界，那些为数不多的造访者一般都是骑着马儿前来，男人驾马在前，女人坐在男人背后。在这里，唯一能给这日日单调乏味的生活注入一丝活力的便是那

① 真那珍图(Gennargentu)，撒丁岛中部马尔默拉山的一座雪峰。

些节日的到来:努奥洛人既庆祝传统宗教节日,又欢迎流行于此的其他民间节日。每每值此狂欢时刻,人们都会在一些主要的街道上载歌载舞,欢度佳节。

成长于这样环境中的格拉齐亚·黛莱达,自然而然地形成了一种别具一格的、原始质朴的生活观。例如:在努奥洛,成为一名强盗并不可耻。黛莱达曾借其小说中的农村老妇之口讲道:“你认为那些强盗土匪都是坏人吗?那你就大错特错了。他们只是一群渴望施展身手卖弄技艺的男人罢了。以前,男人们都外出打仗去了,可如今无仗可打,他们也仍需释放自己那点争强斗狠的欲望,于是他们只有去抢劫盗窃,或去偷村子里的牛。但所有这些并不是为了作恶,只是在以某种方式展现着他们的能耐和力量。”在努奥洛,抢匪是相当受当地人同情的,赶上他不巧被抓获进了监狱时,当地农民对此可是有个极富情感的说辞:“他有麻烦了。”通常这个抢匪最后是能够免于恶名加身的,事实上,当他从监狱回到老家时,父老乡亲们还会用一句“这简直是小事一桩”来安慰他呢。

族间仇杀至今仍是撒丁岛的风俗,能让自己的仇家血债血偿的人会受到人们的尊敬,而对于复仇者的背叛甚至等同于犯罪。一位作家曾这样写道:“即便再多出三倍赏金缉拿复仇者的人头,整个努奥洛也不会有一个人出卖他。在这里唯一有权威的法则就是:崇尚人性力量,藐视世俗威权。”

在努奥洛这座受意大利本岛影响甚微的小城镇里,在荒蛮本真的美妙自然的怀抱中,在淳淳质朴的伟大族群的熏陶下,黛莱达在一个圣经般纯洁单纯的家庭里慢慢长大。她曾这样写道:“一般情况下我们女孩子是不能随意出门的,只能去教堂做弥撒或偶尔到乡间散散步。”黛莱达没有机会接受高等教育,她和其他当地中产阶级家的孩子一样,只能在当地的学校里学习。她的家人平日里只讲撒丁岛方言,后来她是在家庭教师的辅导下学习了意大利语和法语。尽管她不曾受到广博的教育，但她却熟知并热爱着家乡的民歌和歌颂圣人的赞美诗，还有那动听的民谣和摇篮曲。有关努奥洛的传说和习俗，她也是了如指掌的。照撒丁岛当地标准来看，黛莱达的家境算是比较富裕的，这使她有条件在家读读意大利文学著作和一些翻译过来的外国文学作品，但这也是她所能接触到的全部文学了。尽管如此，这位少女却表现出了对于文学的极大兴趣，她十三岁就创作了具有荒诞风格的悲情短篇小说《撒丁岛的血》(1888 年)，并成功刊载在罗马的一份报纸上。然而努奥洛的乡亲们却毫不欣赏黛莱达的“出格行为”，他们认为女人的精力只应该放在料理家事上。好在黛莱达并未因此而屈服，反而全身心地投入到小说的创作中去。1892 年出版了《撒丁岛之花》，1896 年《邪恶之路》公之于众，1900 年的《山中老人》、1903 年的《艾利亚斯·波尔图卢》等作品也相继问世。这些作品令她声名鹊起，从此她被誉为意大利最杰出的年轻女作家之一 。

实际上，黛莱达完成了一个伟大的发现：是她真正意义上深入发掘了撒丁岛。十八世纪中叶，欧洲文坛上掀起了一轮新的文学运动，当时的作家们已经厌倦了古希腊和古罗马的创作套路，他们需要些新的思维。他们的运动很快就与另一股势力一拍即合，这股势力与卢梭的一个观点诞生于同一时期，这就是：崇尚不受文明戕害的人的自然状态。由这两股势力形成的新学派着实推动了浪漫主义大潮的进程并为之不断添砖加瓦。这一学派将其最新的奖励颁给了黛莱达的作品。诚然，在对地方风情与农民生活的描写上，光是意大利本土，黛莱达就能找到很多这方面的前辈，所谓意大利文坛中的“地方主义作家”一派，确有着久负盛名的几位代表作家，如：维尔加(Verga)，因其所描绘的西西里岛而著称；福加查罗(Fogazzaro)，他曾生动地描写了伦巴第 - 维内托地区。然而论及对撒丁岛的认识，非黛莱达莫属。她熟知家乡的每个角落，二十五岁时才首次离开故乡努奥洛，鼓起勇气到撒丁岛首府卡利亚里市去。在这里她遇见了马德萨尼（Madesani），并于 1900 年与之结为伉俪。婚后黛莱达与丈夫移居罗马，在那里她整日忙于写作与家事之间。在她刚开始移居罗马后的创作作品中，撒丁岛仍是不二的主题。1908 年出版的小说《常春藤》就是这一时期的代表作品。然而在《常春藤》之后，黛莱达创作中曾有的浓郁的地方色彩就开始逐渐减淡，如 1925 年最新发表的这篇小说《逃往埃及》，当然这部小说也受到了瑞典文学院的青睐。现而今黛莱达在艺术创作上显然愈加纯熟，但她仍像当初创作《邪恶之路》和《艾利亚斯·波尔图卢》时的那个自己一样，认真、雄辩、质朴无华。

对于一个外国人来说，要评价黛莱达写作风格的艺术价值是件相当困难的事。所以，我在此还是援引意大利一位著名的文学评论家的话来评价她："她是最杰出的叙事大师之一，她的风格具有所有伟大小说家应具备的品质。她的作品充满活力，有着娴熟的艺术技巧和精湛的结构布局，同时还兼具重大的社会现实意义。黛莱达的作品在如今的意大利无人能及。"我能清晰地从她的作品中看到上述这些品质，尤其是在最近的几部作品中：《母亲》（1920 年）、《孤独者的秘密》（1921 年）。人们也许过分强调了她的作品缺乏大家所期待的连续性，某些段落会略显突兀，让人误以为是匆促之笔。但是这一点小小的瑕疵并不能掩盖黛莱达作品的众多优点。作为杰出的自然景物描绘者，整个欧洲文坛鲜有人能与其匹敌。黛莱达从不白白浪费她多彩生动的笔绘，但即便如此，她笔下的大自然依然有着简约粗犷的古典风姿，字里行间蕴藏着自然散发的纯净与庄严。大自然那总是令人无限惊叹的灵动与她的精神生活品质高度和谐。作为一名真挚伟大的艺术家，黛莱达成功地将人物情感与民间风俗融会贯通到她对自然景物的描写之中。事实的确如此，人们只要回忆一下《艾利亚斯·波尔图卢》中的朝圣者们在卢拉山上逗留时的场景便可明白。朝圣者们在五月的一个清晨启程，一家挨一家地朝着古老的祈愿教堂攀登而去，他们中有些人骑着马，还有些人乘坐老式的四轮车，都随身带着足够一周使用的生活必需品。富裕人家能够寄宿在教堂边较大的屋舍里，这些家族都是教堂建立者的后代。教堂墙壁上的长钉和炉边的灶台都是家族属地的象征，除了他们没人能再涉足此地。只要赶上宗教节日，家族成员们每晚都会聚集在各自的领地里畅享盛宴，他们围炉煮饭、讲故事、演奏音乐、唱着歌就度过了这漫漫夏夜。在《邪恶之路》中，黛莱达还向读者描绘了撒丁岛独特的婚礼和丧葬习俗。葬礼期间家中所有的门窗都要紧闭，不能生火更不可以做饭，还要雇来专门的人哭唱即兴的挽歌。这些关于民俗的描写是那么栩栩如生，简洁自然，让人情不自禁地想起伟大的荷马史诗。黛莱达小说的与众不同之处在于人与自然的和谐统一。也许有人会说，黛莱达小说里的人物都好像是从撒丁岛的土壤里生发的植物，他们中的大多数是淳朴的农民，有着质朴的情感和单纯的思想，但骨子里都蕴含着撒丁岛自然环境所赋予的庄严大气。小说中相当一些人物更是让读者隐约看到了《旧约》中一些不朽形象的身影。无论小说中的人物与我们现实中的人有着多么大的差异，我们却仿佛能真切地感受到他们是些有血有肉的存在，好像真的生活在这个现实的世界里一样，而不是被汇集到一起的戏剧木偶。格拉齐亚·.黛莱达是能够将现实主义与理想主义完美融合的当之无愧的艺术大师。

黛莱达不是那些喜欢围绕时下流行话题热烈讨论并剖析社会问题的作家，她甚至有意让自己远离那些纷争。当艾伦·奇[①]试图

① 艾伦·奇(Ellen Key，1849—1926)，瑞典差异女权作家，代表作《儿童的世纪》(the Century of the Child)。

引她参与类似的讨论时，黛莱达回答道："我是个属于过去的人。"她的这个表态或许有些偏激，但黛莱达的确对于过去、对于她故乡的历史有着深厚的情感和千丝万缕的联系。同时她也非常懂得如何在她所处的时代中生活并给予这个时代应有的回应。对于理论，她并不感兴趣，使她保有强烈兴致的是人类生活的方方面面。她在一封信中曾这样说过："我们最大的痛苦在于生活终将滑向死亡，这就是为何我们总要试图让生活慢下来，想要提高它的质量并赋予它尽可能丰富的意义。我们都必须尝试活出高于生活的意义，就像云朵总是浮游于大海之上。"或许对于黛莱达而言，生活本身已是那么丰富和美好，因此对于现今的政治、社会和文学论战她从不参与，更从不站队。她爱人类同胞甚于爱那些理论，并始终过着远离世俗纷扰的平静日子。她在另外一封信中也曾写道："命运注定我生在孤独的撒丁岛腹地，但即便我出生在罗马或斯德哥尔摩，我也依然故我，不会有丝毫的改变，也能有这样一缕会不停叩问生命问题的灵魂，并同时透彻地去感知人类。我依然会始终坚信人们可以生活得更好，除了他们自己，没有什么能够阻止得了上帝的福祉洒向人间。尽管仇恨、血腥与痛苦充斥着世界，但终将有一天，爱与善意的力量会将这黑暗的一切改变。"

这些表述体现了黛莱达的生活观，严肃而深刻的同时又浓浓地投射出宗教的影子，有点哀伤但却从不悲观。她相信善意的力量终将赢得生活的斗争。身为作家，她所用来统摄作品的主旨与原则都能在1904年的小说《灰烬》的最后部分得到体现：主人公阿纳尼亚的母亲受到了侮辱，为了不妨碍儿子的幸福，她结束了自己的生命，早于她的儿子离开人世。当儿子还是襁褓中的婴孩时，母亲曾给他一个护身符。后来儿子打开护身符看时，发现里面只有灰烬。"是的，一切终归尘埃：生命、死亡和人类。是命运造就了她，直至生命的最后一刻。当他站在人世间最悲惨的生命躯体之前，看着这曾经做尽恶事也吃尽恶果的女人终于在他人的良善面前献了身，于是乎他忆起了那些灰烬中还隐隐潜存着火焰里蹦出的明亮而又纯净的荧荧星火。想到这里，他又再次满怀希望地热爱起生活来。”

阿尔弗雷德·诺贝尔曾在遗嘱中表示，希望将诺贝尔文学奖授予那些能将人道主义精神作为甘露注入到人类精神生活中去的作者。秉承着他的遗愿，瑞典文学院将诺贝尔文学奖授予了格拉齐亚·黛莱达，以表彰其“以柔软可塑的清晰性对于家乡岛屿生活的全景式描绘，以及对于人类共同问题的深度思考与深切同情”。

瑞典文学院成员、瑞典教会乌普萨拉大主教纳坦·瑟德布卢姆所致贺词

1927年12月10日

亲爱的女士，俗话说“条条大路通罗马”，您的作品部部直达人们的内心。您总是充满深情孜孜不倦地倾听着那些传说轶事，人世间的冲突与紧张，以及那永恒的欲望。人类的习俗传统和文明规范会随着时间的推移而不断改变，民族性格、历史、信仰与传统均应受到人们虔诚地尊重。所有背道而驰的做法和妄图将一切事物同质化的行为都是违反艺术精神和真理本质的。然而，人类的心灵和其所面临的问题却又总是共通的。您懂得如何用生动的笔触描绘人之本性以及它随世道浮沉的流转变迁，更加难能可贵的是，您能够深入挖掘人们的深邃内心和世界本质。像您这样的作家，既是民族的，也是世界的。

亲爱的女士，请不要将自己屈从于众人，您向世人揭示了人的兽性与其灵魂更高尚的追求之间的斗争。对于您来说，这条路是绵延无限的，您看到了许多人经过却视而不见的指引。对于您来说，这是直通上帝的道路。因此，尽管目睹了人类的堕落和脆弱，您仍坚信人们能够获得重生。您始终相信哪怕是最不堪的沼泽之

地也能开垦成坚实肥沃的土壤，因此总有一束明亮的阳光照进您的作品之中。穿越那无尽的黑暗和人类的苦难，您让永恒之光的温暖将它们点亮。

黛莱达感谢辞

我生于意大利的撒丁岛，家族里都是些聪明人，虽然他们的脾气偶尔有点火爆，但他们之中也确实出了不少多产的艺术家。我们家里也曾有些门第权势，甚至曾经有座自家的图书馆，可轮到我开始写作时，我的父母却极力地表示反对，那一年的我十三岁。哲学家曾告诫人们：如果你的孩子初尝写诗时，那一定要去阻止他，把他赶到深山老林里去，让他长长记性；若第二次发现他写诗，还是要这般惩罚他；待到第三次发现他写诗时，就由他去吧，因为你的孩子就是一位诗人。我的创作历程正是这样，一点儿都没有夸张的成分。对于世界，我常抱有难以抑制的幻想。我曾向往罗马，而后在心中为自己勾画出了一个罗马的家，我和我的灵魂伴侣安然地生活在其中，我们听着往来青年的嬉笑声。我已经拥有了作为女人此生会追求的一切事物，但在这偶然的幸运之外，是我对生活和上帝至死不渝的信念与虔敬。

第二辑　努奥洛风情

撒丁岛，一座与意大利半岛隔海相望的岛屿；
努奥洛，一座足以代表邻近地区文化的城市。
这里，是黛莱达的根，是黛莱达的魂。

祈祷：圣安东尼赞歌①

洛德埃②的圣安东尼③赞歌

① 原文中左侧为劳谷多罗方言原文，右侧为意大利语翻译，此处省略撒丁语原文部分，仅依据意大利语翻译提供中文翻译。其他《颂歌》章节均采取这种翻译策略。——译者注（本书注释中，凡是属于作者原注的，皆标为“原注”，其余皆为译者注。）

② 洛德埃（Lodè）是意大利撒丁岛努奥洛省的一个贫穷村庄。整个撒丁岛都流传着这样的说法：洛德埃的人又蠢又笨，甚至就在几年前洛德埃还依然“臭名”远扬。其实，远近的城镇村庄里，总会存在着像洛德埃这样的“众矢之的”，人们或多或少地朝它们宣泄着本性里的尖酸刻薄，而洛德埃正是努奥洛辖区的受害者。诗歌散文里对它的挖苦与讽刺早已屡见不鲜，如此种种，洛德埃在努奥洛的特殊地位也就不言而喻了。在这套涵盖了撒丁岛各方面知识的丛书里，我们并不打算将民俗中的方言文化展开来介绍，这里仅以一首赞美诗作为示例欣赏。我请来了三位相隔很远、来自当地不同村庄的人为我们口述这首《致圣人安东尼的赞歌》。三个版本大体一致，只是在细节上略有出入，我会在接下来的注释中逐一地做详尽介绍。近期，一篇在撒丁岛首府卡利亚里（Cagliari）发表的文章认为，这首赞美诗的作者是来自比提（Bitti）的神学家蒂亚戈·米莱，他是奥尔扎伊（Olzai）的教区长，著名的即兴诗人，十九世纪前半叶的风云人物。米莱擅长使用本土语言进行创作，他的作品多有挖苦讽刺色彩，同时兼具着史诗般的气魄。然而也有不少人认为，这首赞美诗是传说中的蒙修·佳诺内创作的，几乎所有撒丁岛上的民俗故事与本土传说都笼罩着他的身影，蒙修·佳诺内已然成为了一个象征民俗的文化符号。佳诺内有着最为纯正的民间血统，他曾经生活的那个时代已经遥不可及。这首赞美诗和本书列举的一些音乐都是对平日教堂里神圣的宗教歌曲的滑稽模仿。费拉罗先生在他的《劳谷多罗方言民歌集》（1891 年，都灵洛艾斯彻出版社）中曾以“西利戈的圣安东尼之曲”为名记录了其中的一小段，费拉罗认为这首颂歌的谱曲有着鲜明的宗教色彩。然而，杰出的撒丁岛民俗学家皮耶罗·努拉却在《撒丁大地报》上发表了一篇评论，其中写道：“我并不认为这首赞歌是在表达人们对圣人安东尼的殷切呼唤，事实上它曲调滑稽，作词轻浮，尤其是每小节前两句所表现出来的诙谐，让人看不出丝毫的信仰与尊重，这显然与那些宗教颂歌相去甚远。”——原注

③ 这里提到的圣人安东尼，并非帕多瓦的圣人安东尼。努奥洛人将帕多瓦的圣人安东尼与本地的一位隐士安东尼搞混了。人们坚信，这位隐士安东尼能够保护动物幼仔，并能预知火灾，阻止火灾的发生，也能帮助人们找到丢失已久的物品。——原注

1

当春天降临大地，
我的驽马也很快乐。
帕多瓦的圣人安东尼，
请为洛德埃的人民祈祷吧！①

2

你的脑门儿，
犁头般闪亮。
安东尼，为养蜂人祈祷吧！
保佑他们能获得好的收成②，
否则过节时我们也无法给你做
含有蜂蜜的油炸面包了③。

3

总有坏主意的安东尼，
快快来到我身边吧。
大地如果对你冷漠，

---

① 我所收集的三个版本的颂歌之一，它的第一节最后两句与我们上文所列的有些出入，而这两句在整首颂歌里也被不断地重复："来自雪山之巅的安东尼，为洛德埃的人民祈祷吧。"比较常见的版本是"来自帕多瓦的安东尼"或"帕多瓦的安东尼"，这是从撒丁岛劳谷多罗方言到意大利语的翻译。——原注

② 蜂蜜是洛德埃和它周围几个村庄常见的主要特产，这些村庄包括卢拉（Lula）、奥纳利（Onanì）、比提（Bitti）等。——原注

③ 油炸面包是将面团与蜂蜜混合后炸成的特色面点。按照撒丁岛风俗，人们要在一月的圣安东尼节那天食用这种面点。在另一个版本中则是这样一句："在平坦的石面上，蜂蜜如溪流般流淌。"而费拉罗所采用的版本则是："为养蜂人祈祷吧！为那产仔的奶牛祈祷吧！"——原注

你又将会作何选择?
挣脱了身上的绳索，
连那驴子都跑走了。

4

现在你已尝过了橡子，
也许就不再喜爱蜂蜜。
我等待在那天的夜里，
却一头栽进了庄稼地。
成日游荡的叔叔突然出现在眼前，
那头红色的公牛依然跟在他身边。

5

叔叔出了家门
手上牵着牛绳，
他想找到一枚硬币
却翻出了一颗铆钉。
弗朗切斯科说:
这个最最不值钱!

6

一根筋的安东尼
你就躲起来吧，
年老的山羊依旧吃草，
曾经的橄榄不再复还。
明明是四月里的明媚天，
这里的小溪却都已流干。

7

爱生病的安东尼
总要拖着个鼻子，
保佑我们种出粮食吧，
好让我们不至于饿死。
然后我们就可以
追求那些美丽的姑娘了。

8

在漫山的蔷薇丛中
有一席之地的安东尼，
你的父亲和我们的父亲
曾是远房的亲戚，
忽闪着灰色的眼睛望着你，
仿佛一只调皮的小猫咪。

9

安东尼，如果你有胆，
就能赢得你的小点心。
但要请你为我们的伯爵祈祷，
在拷问我们的时候，
希望他能留下属于我们的活计，
切勿洗劫那些属于我们的东西。

10

安东尼，你把智慧

绑在膝上。
请教给我们辨认头虱的方法吧，
否则，我们只能靠后颈
给自己指路了。

11

安东尼，你有钢铁般的胸膛，
你是实至名归的。
快将我们从地狱里解救出来吧，
逃离那烧红的铁钳。
那小小的牢狱太过残酷，
尤其对那些穷苦的人们来说。

12

来自雪山之巅的安东尼，
你总是若有所思。
没有任何缘由地
你总是引起喧闹。
有人做了伪证，
说你不尊重邻居。

13

安东尼，我们想要一点黑莓，
请将它们放进柳条编的篮子里。
我们答应
会为你做双拖鞋，
做鞋用的皮子

连摩洛哥人[①]都会嫉妒呢。

14

美丽之都的圣安娜[②]，
是圣马太[③]的姐妹。
圣约翰[④]和上帝
又是最亲密的叔侄。
在乔丹奴河边，
人们将那个胆小的人斩首。
帕多瓦的圣人安东尼，
请为洛德埃的人民祈祷吧！

---

① 摩洛哥生产皮具，皮质优异。

② 圣女安娜：据《旧约》记载，安娜是圣母玛利亚的母亲。天主教会规定每年 7 月 26 日为其瞻礼日。

③ 圣人马太：《马太福音》作者，十二使徒之一，蒙召前在迦百农当税吏。税吏在当时是犹太人极为鄙视的职业，因为人们认为税吏为罗马政府服务，助纣为虐，欺压同胞。后殉道。天主教会规定每年 9 月 21 日为其瞻礼日。

④ 圣人约翰：耶稣十二门徒之一。生于巴勒斯坦北部加利利海附近伯塞大的小康渔民家庭。经施洗约翰指点，跟从了耶稣，成为耶稣最喜爱的门徒。天主教会规定每年 12 月 27 日为其瞻礼日。

努奥洛

那些民间俗语，若是脱离了当初孕育它们的环境，将变得一文不值。只有将之还原到原始的语境中去，人们才能够真正地体会到创作者们的超群智慧。

——莱奥尼·托斯托伊

千年前撒丁岛人民揭竿而起，奋勇抵抗拜占庭军队的入侵，继而他们又将前来进犯的罗马人赶出了自己的家园，也把觊觎其领土的希腊人逐出了首府卡利亚里。在捍卫领土与主权的战斗硝烟散去后，撒丁国王加莱托于是开始了对王国的真正统治。他把这个远离大陆的小岛划分成四个行政区域，分别是：东北的加鲁拉州，西北的劳谷多罗州，西南的阿伯列阿，以及南部的卡拉里。现在我们所谈论的城市——努奥洛，尽管它地盘不大，却十分富强坚固，中世纪时期曾在劳谷多罗内名震一方。然而随着时代的演进，这个小城市早已日落西山。现在的它在当地行政区划中只算得是一个小小的县级城市，但我们仍可毫不犹豫地说，努奥洛是最具撒丁岛特色的城市。

努奥洛是撒丁岛的心脏，就连这里的一花一树、一草一木都极具撒丁岛风情。努奥洛也是各种文化较量的战场，在这里，传统的古老文化与外来的异域文化彼此遭遇并交锋于无形，经它们冲撞融合而激扬出的人类文明的花火照耀着整个撒丁小岛。

撒丁岛的年轻人喜欢将努奥洛喻为“撒丁岛的雅典”。事实上，曾经无比辉煌灿烂的努奥洛，确实是整个岛上文明程度最高和最富活力的城市。

这里是无数艺术家的故乡，优秀的诗人与博学的作家从这里走向世界。他们年轻、聪慧，有着无穷的创造才能，其中的佼佼者们更是凭借自身的修养与学识不仅赢得了家乡父老的赞许，更将撒丁岛的美丽传至四面八方，让世上更多的人了解并爱上了这样的一座传奇小岛。

然而，努奥洛人的思想早已潜移默化地受到了外来文化的影响，犹如一座地基已受腐蚀的古老房屋。这里的人们似乎已淡忘了先辈们遗留下来的传统，反而换上了其他民族的服饰，庆祝着属于他人的节日。即使我们不敢完全肯定努奥洛本地的风俗已消失殆尽，也至少可以说努奥洛的地方精神快要被外来异族瓦解了。

或许这是在历史进程中由人们无意识的模仿造成的。人们的行为无非是各个历史潮流的具体反映和微观表现，它们本身虽不足以撼动整个民族精神的根基，然而身为努奥洛精神的传承者，对于会伴着朝代更替与民族兴衰时起时落的民族精神，我们绝不能掉以轻心，哪怕对于秋毫的改变都要持小心谨慎的态度。

世上风云变幻，沧海桑田，努奥洛的人民却仍旧生活在千年的贫穷与困苦之中毫无改善。风俗与习惯，传统与激情，方言与理想，依旧一如既往。外族人在这些方面就似乎表现得弹性柔软，他们会自觉自愿地将努奥洛的风俗传统融汇到自己的民族习俗中去。

纵观历史宏图，除去时时回荡在教堂里的几首颂歌以及人们的衣装服饰稍有变化以外，时间并未在努奥洛的外观上留有过多痕迹。宛转千年，守丧还是从前的守丧，欢乐依旧是曾经的欢乐，宗教与信仰从未动摇，偏见与激情不曾褪减。

死了丈夫的寡妇不需再穿着脏兮兮的衣服终老了，但守孝的时间依然久长，规矩依然繁琐。时至今日，人们依旧要在葬礼上为逝者歌唱。

广场上多年无人跳起的圆形舞蹈，现如今又起风潮。我们有理由相信，在不久的将来，人们会如旧年间一样，身披那特制的霓裳出现在人群熙攘的广场上。

在整个撒丁岛内，努奥洛人的名声并不算好，比起岛内其他居民，似乎略差一截。努奥洛是一个让人谈之色变的地方。

我们并不想在这里为努奥洛唱赞歌正名，只为客观公正地向各位说明：努奥洛人和其他地区的居民一样，并不多上丝毫的野蛮与愚昧。努奥洛人自然有他们的不足之处，与此同时也会有属于他们的长处与优点。先祖们传承的激情依然澎湃，结婚嫁娶一直保留着独有的风俗迷信。努奥洛人与其他地方的人一样简单纯朴，都是些世界上最向往和平的人民，当然，这是建立在自身不遭到外族的入侵与挑衅的前提之下的。尽管这般地渴望安宁，努奥洛人还是不明所以地被人扣上了“毫无教养、懒惰无为”的恶名。在那无以摆脱的难耕山地与工具奇缺的严酷现实面前，这些可怜的人们又如何去赤手空拳地开垦祖辈们留下的贫瘠之地呢？

努奥洛人不是天生的盗窃者，他们的偷窃行为几乎都是在极度饥饿的情况下才会发生的，只是无奈中为了果腹的权宜之策。人们会在田地里顺手摘一个玉米或一串葡萄，但绝不会像其他地方的盗贼那样去偷别人手腕上的金表或行囊里的钱财。若是努奥洛人杀了人，不是为了面子一时冲动就是急于复仇泄愤，但绝不会出于那些别有用心的恶意或不可告人的恶毒动机，况且现如今努奥洛地区的伤人案件已经是少之又少了。

自杀在努奥洛是不常见的。人们普遍认为，这里的人民情感丰富，爱恨分明，当他们遭遇失意或打击时，或许会选择结束自己的生命以求得解脱。然而，事实并非人们所认为的那样。虽然爱得深沉恨得浓烈，努奥洛人也清醒理性，他们的爱不至疯狂发狠，也不会歇斯底里。

这里的人们有着既严肃深沉又明媚炽热的性情。大家都说，努奥洛人拥有自己独特的生活理念，过着严格且孤独的日子。努奥洛式的生活理念深藏在土生土长的努奥洛人那深色的眼眸中，包含在他们那忧伤哀婉、动情感人的歌声里。生活里独有的这些理念与方式，常伴他们左右，与他们如影随形。

狭路逢敌时，努奥洛人定会怒目视之；面对情人时，他们又像变了个人似的，温柔体贴，对情人呵护有加；对待自己的恩人，他们必是滴水之恩涌泉相报。努奥洛人对他人的私事并无过多的兴趣，他们小小的脑袋里只容得下自己的生活：生活里的困难要如何克服？今年的收成又将如何？努奥洛人的八卦顶多止步于对邻居生活的关心。努奥洛人最爱葡萄酒，他们可以嚼味道糟糕的面包，也无所谓饭桌上是否有肉，只要有葡萄酒，一切就都说得过去。

除去几处新建的房屋外，努奥洛所有传统的房子都沿海而建。在那片广袤肥沃的土地上，人们面朝蔚蓝的大海，头顶湛蓝的天空，呼吸宜人的空气。村落是经由最古老的水渠灌溉而成的，屋舍大多低矮简单，没有经过特别的修缮，甚至显得有些简陋破烂。有些房屋的门窗细窄得就像一条缝，笑眯眯地向来往的过客倾诉着自己的过往。这些房子实在过于矮小，以致到此的外地人常会发出如此惊叹：这样的房子怎么住得下那么一大家子人，他们个个还都身材高挑美丽健康！而住在房里的努奥洛人却对自己的生活非常满意，他们的确是真的开心，因为他们拥有的是属于自己的房子。

在月色的笼罩下，低矮的房屋被披上了一层银色的光晕，而后又映射出黝黑的光影。这光影清晰地展现了庭院矮墙那分明的轮廓，多年未经修剪的树木也在这幕薄光中晃动着它们那参差不齐的剪影。建造于中世纪的那座高大雄伟的城堡，门前有座废弃多年的火炮，此时正低声地诉说着自己昔日的累累战功。你根本无法想象，就是这座无人问津的荒废城堡，曾经却是门庭若市，风光无限，让它的主人引以为傲。过往的一切悲哀与欢笑，如今都已在时光的碾压中无情地云散烟消。

努奥洛的冬天可真是难熬！

赶上天气好，女人们会结伴坐在家门口晒太阳，男人们则成群地下到乡间田野中劳作。印度的无花果是种好东西，它使无数个没钱点灯的家庭挨过了残酷的寒冬。

虽然并不打算展开说，但我还是想提一提“社会主义”这个概念。在努奥洛，这种意识形态是自然而然产生的，既是当前时代精神的体现，也是民族风俗在意识形态层面上的反映。

很遗憾，我为大家呈现的这部努奥洛民间风俗汇，并不能一丝不落地展现出努奥洛地区的社会生活全景。

我所试图呈现的，是一本令人耳目一新的民俗集合，也许由于能力有限，这本书还不能使您读起来兴趣盎然，在此敬请各位谅解并希望您多提宝贵意见。

在编撰和写作的过程中，我一直极力避免出现任何创作上的浮夸与造作，力图还原最为真实的民俗图景以吸引更多的有志之士加入到民俗汇编的队伍中来，热切期待着有朝一日能与你们共同优化和完善这样的一部不成熟之作。

于努奥洛

1894 年 7 月

亵渎与诅咒

(1) 身体啊,爬满虫子,
大群的虫子,数也数不清。
钢的身体,
木的身体,
肉身在这里,
灵魂却在地狱里。

这则诅咒的含义模棱两可,无法准确表达其意。这里的“身体”特指钢制的并配有苦栎树木质刀柄的匕首。地狱里的灵魂与埋葬在土里的匕首上都爬满了小虫,虫子数量巨多,多到可以用巨大的勺子来挖。

(2) 盐,
在撒盐呢,已经撒过了。
来点儿英国的盐吧,
祝你二十五年说不好法语。

这是努奥洛常见的一种打招呼方式。当活泼可爱的姑娘们在街上相遇时,她们并不用法语互问“你好”,而是其中一人说“盐”,

另一个人答“在撒盐呢，已经撒过了”。上面这段诅咒正是由这个打招呼的对话衍生而来的。

在努奥洛地区，亵渎与诅咒很常用，就像是家常的对话一样。即便是充满爱意的情侣和亲密无间的家人间，也常说些听起来像是诅咒的话。所以可以说，很多常见的诅咒并非是出于恶意，而只是努奥洛人相互交流的一种方式罢了。

(3) 玛利亚婶婶，

打雷了，闪电了，

我得离你远点儿了。

雷鸣电闪来“孝敬”你了。

(4) 不管哪个圣人见了你，都让他见鬼去吧！

这确是一种亵渎，也是努奥洛地区真正意义上的骂人话和最为常见的恶意诅咒。

(5) 你妈妈生了你，真是该死。

(6) 你要是被闪电击中了，可千万一点儿灰都别留下。

(7) 你和你的伙计们就如浮萍一样，难找归宿。

(8) 若有人帮你，他就该天诛地灭。

(9) 你的耳边可曾听见下葬时人们对你的送别？时候可不远了。

为死者下葬时，生者要在他的棺椁边吟诵，以此作为对死者的送别。这些诅咒也很常用。

(10) 正义的审判将会把你灼烧，正义的审判将让你惶惑不安(正义的审判会让你目瞪口呆)。正义的审判从你家门前走过，不会给你留下一星半点的侥幸。

这里所说的“正义”，是世俗意义上的正义，然而宗教意义上的正义才是真正能对撒丁岛人产生约束的力量。这三小句中的最后一句也可以说成：正义的审判降临至你家的每一个角落，连炉中的灰烬都会将你责罚。

(11) 见鬼去吧。

这句非常常见。

(12) 滚进监狱吧。

(13) 上帝会替我算账的。

与其说这是个诅咒，不如说这是在向上帝乞求。当向仇人复仇未果的时候，复仇者便会求助于上帝。如果自己的仇家现今遭到了报应，也可以用这句话表达对上帝如此安排的感谢。

(14) 恶魔始终与你同在。

(15) 去死吧。

(16) 你真该上绞刑架。

(17) 你真该找个地方吊死。

(18) 你滚吧，我再也不要看见你。

(19) 真该把你碎尸万段。

上述这些句子的意思是：这个人应该去死。

(20) 你应该被车拉回来或被木床抬回来。

这句也是指这个人应该去死。

(21) 你真是被迷了魂。

(22) 你的脑袋被砸了吗？

这两句也非常常用，表示某人脑袋被球砸了，突然傻了，但是并没有明显的恶意，在一些褒贬意味不强的对话中也可以使用。

(23) 背上被球给砸了。

(24) 你的血管儿都被砸烂了。

(25) 把你带到世上的那个人不得好死。

(26) 第一个把你带来的人不得好死。

(27) 希望你得到幸福的人都该死。

(28) 赶紧多走点路吧，你剩下的步子都能数出来了。

意思是：这个人就快要死了，所剩的人生之路都可以清楚地按步数出来了。

(29) 你已经无药可救了。

(30) 你的手就和那个用脚数橙子的米勒斯人一样。

这句是在诅咒这个人将会失去双手。米勒斯人是指来自米勒斯的人。米勒斯是撒丁岛上的一个小城市，以盛产橙子而闻名，米勒斯的居民就在岛上到处贩售自己的橙子。有一个在努奥洛生活的米勒斯人没有手，因此得来了这样的一句诅咒。努奥洛的一些纨绔子弟非常粗鲁，没有礼貌，在街上遇到平民百姓便会随意地推搡人家。愤怒的群众有时会用石头去砸这些没礼貌的家伙，但是大多数情况下都会骂上这样的一句：让恶魔去收拾他们吧，诅咒他们的手早日废掉。

(31) 生你的妈妈真是该死。

(32) 正义的审判会折磨你。

(33) 眼睛被刺瞎，双手都生蛆。

(34) 你肯定看不到今天的晚霞。

意思是:你一定会在黄昏前死掉。

(35) 你肯定看不到明天的朝阳。

意思是:你一定活不到明天。

(36) 自有人帮你收尸。

表示:由于你的死微不足道,所以不配“说话人”来为你处理后事。

(37) 你的肚子会一直鼓着。

指的是某人的疝气不会痊愈。

(38) 你的脑浆会溢出。(从你的脑袋里。)

(39) 他们怎么对待盐,就会怎么对待你。(他们会把你捣烂。)

(40) 你滚吧,就像鸟的落羽那样。(你终将烟消云散。)

(41) 我别无所求,只求你早日滚蛋。

(42) 你的灵魂早已弃你而去。

(43) 上帝之光永远也照不到你头上。(你永远不可能走运。)

(44) 你的灵魂注定会被恶魔掳获。

(45) 见鬼去吧!

(46) 把你带到世间的圣人真是该死。

(47) 滚吧,再也别回来。

(48) 你一定会死无全尸。

(49) 你的身上会爬满蛆虫。

(50) 终有一天,你会成为乌鸦的食物。

(51) 你终将靠行乞为生。(你终将沦为乞丐。)

(52) 你挨家挨户地敲门,却没有一家愿意可怜你。

(53) 你的肉身会被乌鸦侵占,灵魂会被魔鬼腐蚀。

(54) 人们怎么折腾大麦,就会怎么折磨你。

这句诅咒很常用,几乎随时随地都能听到。由于人们处理大麦并用之做成面包的过程十分漫长,有折磨无尽头之意,所以这句诅咒也被认为是最恶毒的咒骂之一。大麦在经历播种、收割和采集后,会被仔细地清洗干净,然后放到一个烤炉中烤上一到两天,直至大麦颗粒全部被烤熟后才可以取出来,这样做的目的是要保证面粉的韧性。在进行正式研磨之前,还必须再清洗一次。大麦研磨后的粉末呈深灰色且易溶水,所以需要经过多次过筛。第一次过筛时,要用普通的筛子将大麦粉高高扬起,这时屋顶上围墙上到处都是一片灰白,而筛面粉的女人已经被面粉裹成了"白粉人"。很多女人在筛过大麦粉后会感到身体不适,所以大家都说大麦面粉能导致肺部疾病。在用筛孔较为稀疏的大筛子初步处理之后,人们会用干草编织的筛孔较细的筛子再次过筛大麦粉,只有经过这样层层处理后的大麦粉才可以用来制作面包。大麦粉与喂牲口的细麦糠搀在一起能烤制出一种专门喂给家犬吃的面包。

处理干净的大麦粉还有其他用途:可取一个大的宽口木制容器,往里面加入适量大麦面粉,然后逐量加入温水和成粘手的面团,这是在制作大麦面饼。将和好的面团用布包好放在烤炉中让其自然酵熟,烤制时间一般要长达数日,还需要用棉布将大饼包住,努奥洛的主妇们常常就地取材用床单来包裹美味的大饼。

当地人称这种大饼为"吉米索内大麦饼",大饼呈扁平的半圆形。努奥洛虔诚的妇女们还会在大饼表面上画个十字,以此祈盼大饼能够可口美味。剥开大麦饼酥脆的外皮,里面呈现出迷人的铅色,似乎还闪耀着光芒,那些经过一次完美发酵的面包也不过如此。人们通常不直接食用这种大麦面饼，而是将其掰成小块放在沸水中煮一会儿。煮好后，就像给通心粉调味那样为大麦饼加佐料，最后大麦饼就以全新的面貌被端上了饭桌，而它浑然天成的魅力却丝毫未减。努奥洛的小姑娘每每提起粗糙又精致的大麦饼总会咯咯地暗笑，因为她们都听过这样的说法：干吃大麦饼有丰胸的奇效。

除了上述做法，还可以选择软木桶和面。这次可以加些酵母发酵后再烤。在发酵过程中需要不断地揉面醒面，再揉面再醒面。最后，在面团表面画个十字后，就等待烤熟的面团香飘满屋吧。

要想制作大麦面包，至少需要四位勤劳的妇女才能完成。她们其中一人负责烤制，还有两人负责制作面团。面团的处理是极为不易的：首先要将面团揪成小份，再将每小份面团揉搓成外表滚圆的面剂子。在其表面均匀地裹上干面粉后，要完全凭借手指的力量将面团揉捏得劲道起来。这项艰巨的任务需由制作面团的两位妇女共同来完成，一人揉完手上的面团后将其交给同伴，由同伴再揉以确保每个面剂子都能光滑劲道，只有这样步步精心制作的大麦面包口感才能好。接下来就是给面团塑型了，这种面包不仅口味独特，外形也呈现出相当美观的椭球形。面包的长宽比例很讲究，一般最后成型的面包长为50厘米宽为35厘米。松软的面团经过烤制会相应地膨胀隆起，这样烤出的整体比例显得协调美观。烤好的面包被拿出烤箱后，第四位妇女就登场了，她需用小刷子将面包表面多余的面粉拂去，然后用刀将喷香的面包从中切开一分为二。至此，大麦面包才算大功告成。

以上所说的几种面包制作方法，都不是用烤炉高火特意“烤”成的，而是采用所谓的“自然法”烘焙面包。由于没有高温的帮助，制作面包所需的时间较长，所以人们就生动地称其为“慢面包”。用此自然法酵熟的面包还需再一次经高温烤制或沸水煮熟才可食用。努奥洛的乡下人喜欢趁热将熟透的面包片两两相摞折叠起来，把它们放进农夫的背包或牧羊人的行囊中，如此精心制成的干粮即便是长途跋涉也压不坏。

两两相摞后折叠而成的面包生动形象地变成了一本半圆形的四页“面包书”的样子，上下半部各有两页。

遵照上帝的意愿而制作的面包必定美味，这种大麦面包更是承蒙了上帝的恩惠。它口感略甜，色泽浅灰，放上三个月都不会酸腐，人们常大量制作这种面包。雇主规定每二十个面包分为一组，烤面包的小工和负责烘焙的妇女可以在烤完一组后获得丰厚的报酬。此外，烤面包的妇女还能够得到一些额外的奖赏：也许是两三块自然酵熟的面包，或许是一些调味品如橄榄油、牛奶、浓缩葡萄汁和羊奶酪等。人们总会慷慨地款待帮忙烤面包的人。有时候光是烤面包就得花整整两天的时间，遇到这种情况，主人家会负责面包女工们的饮食起居。可以说，烤面包是个收入可观的工作，很多生活困难的妇女都会选择烘焙师作为自己的职业。在家中烤面包期间，如果有女性客人登门拜访，按照习俗，家里的女主人需要送给她一块“慢面包”。亲朋好友之间也有相互赠送面包的传统。

努奥洛的面包烘焙师之间也会相互赠送自己制作的面包，据我所知，这个习俗是拉丁文化区特有的。

(55) 一定不会放过你的。

(56) 绳子、刽子手和骑士，一个都不能少。

意思是：绳子用来绞死你，刽子手为你行刑，骑士全副武装地守在绞首台旁以确保整个过程进行得顺利。

(57) 疾病会一直纠缠着你，你将不久于世。

(58) 你会肿起来，然后炸开来。

(59) 一定要把你大卸八块。

(60) 你的两眼只剩下黑洞。

诅咒某人会变瞎。

(61) 终有一天,你将身首异处。

(62) 赶紧滚吧,再也不要让我们听到关于你的消息。

(63) 你会像肉串一样,慢慢地接受烈火的煎熬。

(64) 去死吧。

(65) 大家会找你,但永远找不到你。

(66) 你滚吧,你永远也得不到上帝的庇护。

(67) 无尽的折磨常伴你左右。

这里的"折磨"与撒丁岛当地的风俗有很大的联系。撒丁岛上至今仍保留着一些容积很小而且臭不可闻的地下洞穴或山洞,这里曾经是土著们的简陋居所。因此,这句诅咒的意思是:你最后的归宿一定是个为人不齿的下场,你将在那臭不可闻的洞穴里遭受无尽的折磨,不得善终。

(68) 你的存在就是一个笑话。(供我们娱乐。)

(69) 你死后一定会被人开膛破肚。

意思是:你会因为一些不知名的疾病而死亡,由于死因蹊跷,需要解剖验尸来查明。

(70) 你的双手会长满肿瘤,癌症会来找你。

(71) 你就像巴洛尼亚地区产的大麦,中空干瘪,
今天一只眼睛看不见,
明天另一只也会变瞎,
后天你的生命终将完结。

巴洛尼亚位于撒丁岛东部，这里虽土壤肥沃，但所产稻米的质量却很不理想，几乎都是中空干瘪的。

(72) 每一页公文上都有你的名字。

意思是：你的案子永远结不了，一直都在审理中。

(73) 城市将为你收尸。

意思是：你最终会在社会的救助中走向死亡，尽管能够得到来自他人善心所给予的最后安身之所，但你未来的生活终归是特别悲惨。

(74) 有多少水道，有多少落叶，你就会感到多少痛苦；
有多少落叶，有多少水道，你就会遭到多少折磨。
大地有多重，你的胸腔里就会爬满多重的蛆虫。

(75) 牛儿赶紧走，否则遭虫咬。

努奥洛的农民赶牛时会高呼“特路[1]，特路”，“路”音稍长。农民还会根据牛的特点，如皮毛的颜色或身体的缺陷，来称呼牛，例如黑牛，断了角的牛。牛不走时，农民就会说这样的话来诅咒它，意思是：牛啊牛啊，你赶紧往前走，否则你身上每寸皮肤都会遭到小虫的叮咬。这里还有些其他类似的说法：

母鸡母鸡快点走，
否则就把你杀掉；
母猫母猫快走开，
要不就会宰了你。

努奥洛人民驱赶鸡猫鸟等动物时，常会发出“乌休，乌休”的声

---

① 音译。本书中出现的召唤、驱赶牲畜的口令都采取音译。

音。驱赶不同动物时，会在发音上体现出些许的变化：赶母鸡时是“皮尢皮尢”声；赶猫是“木西木西”声；赶狗会用“代代”声；要想让动物们迅速逃散，人们常用“足莱足莱”声；赶猪时，则用“左左”声。

在努奥洛，哪怕是一点点的分歧都会引来一顿诅咒。无论针对的是人还是动物，都是如此。在使用咒语的长期实践中，人们渐渐把最常用的一些长句诅咒分为了两三个独句，当然有的诅咒依然很长，两三句串在一起连珠炮似的，也不在少数。

(76) 我说“li ji”，不是吃的里脊，而是你会患上痢疾，并死于痢疾。

这里玩了一个文字游戏：“li ji”既可以表示“里脊”，也可以表示“痢疾”，同音不同义。

(77) 你会患上痢疾，就像那个彼得叔叔，生生穿过了七层木板。

(78) 傻瓜乔瓦尼，
你被烤傻了吧？
你怎么滚回来了？
你的肚子咕咕叫了吧？

这也是一个比较流行的文字游戏，是姑娘看到同事做工回来后说的一番话。这段话的特别之处在于，事实上姑娘表达的是好意，只是用了不好听的话而已。相反，如果姑娘说的是好话，那么她表达的肯定是不好的意思。因此姑娘的真实意思是：你好啊乔瓦尼，你回来啦？你怎么样？你听见我说话了吗？你饿不饿啊？

肚子叫的意思是，饿了。

(79) 肚子肚子咕咕叫，绞死你的绳子在哪里？

这也是一则文字游戏，情景是：一个姑娘对另一个姑娘说话。她的意思无外乎是问对方："你刚刚跟我说什么了？"但如果把说话的语速调快，通过词语的重新组合后，这句话就变成了一句真正的诅咒，它所包含的敌意不言自明。这样的例子实在太多了，不胜枚举，我们这里列举的都是一些极具代表性的。

(80) 明天就是圣约翰日，
上帝的使者约翰，
上帝的正义降临大地，
一切有罪之人
都将灰飞烟灭，
无一例外。

这是一位被判处三十年徒刑的妇女在被行刑前说的一段诅咒，她因罪责不明而在陪审团面前愤怒地说出了这样的诅咒。

(81) 你将以蛾子为食。

(82) 苍蝇围着你团团转。

(83) 你将在孤独和拖延中度过余生。（不会有人关心你的死活。）

(84) 这是什么鬼地方，到处都是鬼魔[1]！

(85)你会受到正义的审判，虽有皑皑白雪，厄运仍将如影随形。

在撒丁岛方言中，皑皑白雪是最好的意象之一，通常只有极受爱戴的人才会被喻为白雪。不过，这里则是讽刺的用法。

---

① 鬼魔与魔鬼有区别。魔鬼只有一个，而鬼魔则有很多，人间各种祸害和病痛都是由鬼魔造成的。

(86) 正义会骑在你身上。(你会被正义压垮。)

(87) 你的家中一定会充满十字架。(死亡会光顾你家,只有葬礼上才出现的互助会到你的家中。)

(88) 你为什么诅咒我?

你该吃的药都堆成山了。

你为什么侮辱我?

你该吃的药罐子都数不清了。

意思是:你已经病入膏肓了,需要吃很多药来维持最后的生命。

(89) 你从嘴到胸就像粗面条,

从胸到嘴就像甜菜。

意思是:你对我的诅咒其实就是对你自己的诅咒。

第 88 条和第 89 条是被诅咒的人对诅咒的人的回答。

(90) 你的身上会被石子和树枝堆满。(人们会杀掉你,然后将你的尸首藏匿起来。)

(91) 人们会在乱丛中找到你,是狗先将你找到的。(人们会在树林里面把你杀掉。)

(92) 你再也看不到桑葚,再也瞧不见树莓花。(树莓花开前你一定会死掉。)

(93) 通心粉上撒着羊奶酪,你的身上则是裹尸布。

(94) 一阵强烈又恐怖的流感会将你摧毁,你将生活在无尽的病痛折磨中,又给别人的家里带去许多不幸。

这则诅咒所包含的恶意值得好好揣摩。不仅诅咒别人遭受重感冒的折磨多年不愈,而且这份厄运还会传到别人家里,这暗示了被诅咒者是多么沮丧。

(95) 快开门,我会像割芦苇一样将你劈开。

(96) 你就像逃兵一样,被当做射击的活靶子。(你会被枪决。)

(97) 你会像牛脂一样受尽折磨。

牛脂是从牛皮里提取出来的成分,可用作肥皂。这则诅咒的意思是:你就像一块要被做成肥皂的牛脂,将不断地遭受折磨。

(98) 一、二、三,你躺着也疼,站着也疼。

(99) 虫子呀,你身上会爬满虫子,我家的母鸡会不停地啄你。

(100) 圣比比安娜日[1]这天,要么你会饿死,要么你只能吃青蛙。

(101) 主人的财物会像我们的靴子一样,终将散架。我们的靴子开多少口子,主人就会丢多少银子。

这是一个仆人对自己主人的诅咒,在努奥洛主人要为自己的仆人提供靴子。

(102) 多好的事情,赚的钱都给了药剂师。(给了药剂师意味着买了很多药。)

努奥洛年轻人中很流行这个不太文雅的游戏。一人先说出一个词,另一个人则需立刻说出一句押尾韵的诅咒。比如:

甲说:滤网。

乙说:你的妈妈河里躺。

甲说:过滤筛。

---

① 每一年的12月2日是圣比比安娜日。

乙说：你的爸爸从房顶往下栽。

甲说：八。

乙说：你的爸爸是拉皮条的大王八。

甲说：杏仁。

乙说：你的双眼大而无神。

甲说：栗子。

乙说：你眼睛上长满脓疱子。

甲说：手帕。

乙说：他的脑门光又大，正好被雷劈到啦，摔到一处臭阴沟，从此没人看见他。

……

如此这般，可以一直接下去。

发　誓

在努奥洛，最具代表性且使用频率最高的发誓手势就是：画十字①。

可将右手的拇指搭在食指上，然后从右向左在胸前画出一个十字；也可以左右手交叉，右手在上画十个十字；若还嫌不够，就将双臂交叉于胸前，这可相当于一百个十字呢。

因为努奥洛的农牧民习惯用双脚在田间草上踩出一个个巨型十字，所以在日常交谈中，人们便会开玩笑说："你看他发誓的时候，真像个讨厌的农民。"

事实上每个人都心知肚明，泛滥的赌咒发誓充其量只是些"此地无银"的说辞。

有鉴于此，那些我们刚刚提到的用来发誓的十字手势，会在努奥洛人的生活中随处可见。即便面对着最琐碎的小事，人们也要来发个誓，生怕别人不相信自己。经过如此泛滥的使用，努奥洛的誓言已逐渐失去了其最初对行为有效的约束力，曾经神圣无比的

① 传统的画十字的方法是：用右手从额头到胸部，然后从一个肩膀到另一个肩膀，最后回到胸部。

誓言甚至沦为了行骗的伎俩。

在努奥洛人的日常生活中，发誓和诅咒都已失去了实质性的意义，仅能为他们的对话增强些语气罢了。在那些微不足道的疑惑与不值一提的争论中，努奥洛的男女老少仍旧乐此不疲地在胸前画着十个百个十字[1]以证明自己有理。他们边比画还边说着："你看，我说的可都是真的。"更有甚者，还有人会正儿八经地强调："在这神圣的十字架面前，我绝无半句谎言。"

女人发誓时较常说的誓言是："我以灵魂的名义保证。"显然，这样的保证也是不足为信的。

若誓言里包含了立誓者违背誓言后会遭到的报应，这时我们尚可从其誓言中窥见发誓者的真心。

下面是一些努奥洛人较为严肃认真的誓言：

如果我说谎话，我就再也见不到我妈妈。

如果我说谎话，你就不会见我再活在世上。

如果我说谎话，我就见不到明天的太阳。

如果我说谎话，我就死无葬身之地。

如果我说谎话，我就得不到上帝的庇佑。

如果我说谎话，上帝会惩罚我。

如果我说谎话，我就五雷轰顶。

如果我说谎话，我现在就去死。

综观上述誓言，其共同特点是：所有被诅咒的对象都是发誓人自己。

孕妇会以腹中的胎儿起誓，母亲会以子女的名义发誓，儿女则

① 自从耶稣受难后，十字架就成为苦难、牺牲、重担等的代名词。

以父母的名义发誓。将自己最亲的人放入毒辣的誓言中，无非是为了增强誓言的可信度。

几乎每个人都曾拿至亲发过誓。对于虔诚的努奥洛人来说，上帝更是不可多得的用来发誓的对象。

比那些用家人和上帝作担保的誓言更加严肃的，是手持《玫瑰经》[1]轻扶十字架时讲出的誓言，还有在面包、火焰等上帝恩赐之物前发出的誓言。

骑士精神十足的游侠们唯恐那些俗气的赌咒发誓会辱没了自己的身份，他们更愿意将手搭在对方的身上或握住对方的双手以增强言语的分量。

需要注意的是，只有在同辈之间才可以用握手的方式表达承诺。因为"握手"的含义是：彼此"坚不可摧的信任"之情。

还有一些简单的说法也能表达出信誓旦旦的语气：

"如果你发现我的话中有半句谎言，我让你亲手扇我的耳光子。"

或者：

"如果我把你对我讲的话向外吐露半句，我就人格扫地、颜面无存。"

即便是那些极其顽固不知悔改的人，也不敢去违背那些最为庄重的誓言。这些誓言就是：在祈祷书、《福音书》或圣物[2]之前所

① 全称为《圣母玫瑰经》，天主教经文之一，内容包括圣母玛利亚和耶稣生平事迹。

② 指圣徒遗留下来的物件以及一切与他有关的东西。天主教认为，崇拜圣物可以增加圣徒的荣耀，崇拜圣物的人可以得到圣人的帮助。

立的誓言。很多家庭都供奉着这些宗教物件,就是为了保证诺言的严肃性。

如果有人丢失了物品,他会把他所怀疑的对象召集起来,请他们把手放在《福音书》或别的圣物上而后向他起誓:“我发誓我从没看到过某物,也没拿过或觊觎过某物。”以此表明那人没有盗窃也从未起过盗窃的念头。

为了使仪式显得更为庄重,人们会特意点些蜡烛,在这种场合下誓言的严肃程度不亚于两个相爱的青年在上帝面前许下的终身承诺。

一个人出尔反尔地违背了自己的誓言后,他曾发的诅咒会应验在自己身上,更为糟糕的是,此人的名声将无可挽回地一败涂地。

虔诚的努奥洛人认为,以圣物之名发起的誓言不应夹杂半点假话,否则起誓人会终生与厄运相伴,甚至在发誓后的三日内猝死,不得善终。即便是无生命之虞,他也难逃被逐出教廷开除教籍的命运。

努奥洛地区的谚语与俗语

(1) 石膏做的叶片儿，

制作这玩意儿的人认为这实在有用；

胡桃夹的树叶儿，

觉得它有用的人也会真的去摘下来。

俗语大意：如果一个人做了坏事，他便会认为其他人也像自己一样做坏事；而如果一个人觉得别人都在做坏事，这个人迟早会犯下罪行。

(2) 狐狸到处转，肯定有打算。

俗语大意：成天无所事事四处闲荡的人，就像是狡猾的狐狸一样心怀鬼胎。

(3) 尾巴是狐狸的天敌。

这则谚语指的是，有些人总是寻找各种各样的理由和借口来掩盖自身的不足和缺点。

(4) 美好的一天，从早上开始。

俗语大意：一个人是好是坏，从见面的第一眼就能看出来。也可以理解为：一个人的本性如何，从小时候就可以看出来。

(5) 钟楼里的东西，来得快去得快。

俗语大意：通过不正当手段获取的东西，或者得到本不属于自己的东西，到手快的同时失去得也快。

这则谚语的来历是：努奥洛人认为，宗教所用的一切器物，如果被私人购得，将不仅丧失神圣的意义，而且还会给购买者带来厄运。

(6) 有面包的人没牙齿，有牙齿的人没面包。

俗语大意：有钱的人通常文化素养不高，品德也相对不那么崇高；相反，学富五车德高望重的人又常常是些缺乏致富手段的人。

(7) 国王驾着马车追上了灵巧的野兔。

俗语大意：野兔奔跑的速度很快，而国王的马车则相对笨重行驶缓慢。通过对这两个速度的对比，谚语暗讽了对于司法公正与公民权利的保障以及对法律权威的维护正日益衰落退化。

(8) 谁说了算谁就是法律。

(9) 漂亮不能当饭吃。

后一句俗语的大意：美丽的资本应该到外面使。

(10) 图画儿只能挂在墙上看。

俗语大意：美丽是空虚无用之物。

（11）偷听准听不到好话儿。

俗语大意：偷听别人谈话只能听来他人对自己的诽谤。

（12）粪坑边上最不缺肮脏。

俗语大意：人的品行与其所处的环境息息相关。

（13）今日到我家，明日到你家。

（14）世界是个跷跷板，有起有落。

（15）没人敢说：我不喝水。

后一句俗语的大意：没有人相信这样的不幸真的会降临。

（16）美丽有一半是上天的赐予。

（17）扇人耳光，小心刀子。

（18）少见多怪的人把烤炉认作教堂。

后一句俗语大意：过惯了平庸日子的人固守在陈旧腐朽的生活中，哪怕是最平淡无奇的事物都能令他们大吃一惊。

（19）没见识的人对着烤炉画十字。

俗语大意：与前一则谚语同义。

（20）家是最棒的教堂。

这则谚语与另一则谚语紧密相关："劳动者最虔诚。"

（21）大海不厌水多。

俗语大意：一个人即便再富有，也不会拒绝源源不绝的礼物和收入。

（22）小溪不声不响便带走了（沿路的）一切。

这则谚语表示，一些人表面看起来很单纯，整日一副坦荡磊落的模样，实际上却是最诡计多端、满腹猜疑的人。

（23）水流可以冲刷一切污点。

（24）在床上伸脚，悠着点儿。

后一句俗语告诫世人，要根据双腿的情况运力，有“量力而行”之意。

（25）小气鬼遇上小气鬼，拔不出一根毛。

俗语大意：吝啬的人遇上了同样吝啬的人。通常是指，婚姻双方如果都是小气的人，容易生出一样吝啬的后代。

（26）富如大海。

（27）吃饭还是挠痒，只能先选一个。

（28）挠痒会得疮痂。

（29）如果狗身上有跳蚤，养狗的人也跑不了。

（30）嫉妒者会被戴上绿帽子。

（31）到得最晚的人没钱赚。

（32）抱怨着，抱怨着，小猪都已长成大猪。

这最后一句俗语的大意是：当人在抱怨和发牢骚的时候，时光却已毫不留情地悄然而逝。

（33）有志者，事竟成。

（34）口中念经，腹中藏坏。

（35）金钱可以掩盖一切。

(36) 甲之蜜糖,乙之砒霜。

(37) 健康的人拥有一切。

(38) 国王的房子,处处都有规矩。

这最后一句俗语的大意是:一些富有之家的房子也需要按照政府的喜好来建造,可引申为“普天之下莫非王土”。

(39) 长疥疮的人没假期。

俗语大意:有烦心事的人总是得不到安宁。

(40) 上帝不言语,自把公道看。

(41) 有火之处必有烟。

(42) 跳舞聚会最识人。

后一句俗语的大意是:跳舞与聚会这样的社交场合最容易看清一个人的本来面目。

(43) 爱情不是苏库汤。

苏库汤是撒丁岛很常见的浓汤品种之一,此谚语表示爱情并不是随处可见的东西。

(44) 无知者最可悲。

(45) 有其父必有其子。

(46) 对于欠债不还的人应剥夺他的一切。

(47) 吃得多的人干得也多。

(48) 上帝总会帮助我们的。

(49) 撒丁岛人总是最后才开窍。

这里不光是有后知后觉之意,更是在表达诸如丢了牛才想起把牛棚关上这种亡羊补牢式的态度。

(50) 封闭不如开放。

(51) 就让每个月的三十天顺其自然地过去吧。

后一句俗语的大意:不应徒劳,要学会接受事物发生发展的自然规律。

(52) 这样一天又一天,一年也就到头了。

(53) 狐狸的毛会掉,它的诡计可是永远停不了。

(54) 烦恼总会在最烦恼的时候到来。

(55) 最美的玫瑰也是从荆刺上摘下来的。

这最后一句俗语的大意是:有的姑娘虽然出身贫寒地位卑微,但只要是好姑娘,总会遇上好丈夫的。

(56) 不冒险的人永远钓不着鱼。

(57) 生得好的人,鱼也钓得多。

这后一句俗语的大意是:出生在好的家庭环境里的人,一生都会衣食无忧。

(58) 家里驴子好,生活不用愁。

(59) 坏脾气的驴子也有颗温柔的心。

后一句俗语的大意是:就算是最穷凶极恶的人也会有些优点的。

(60) 就像打哈欠一样,流言蜚语也会传染开来的。

(61) 驴子不懂得藏红花的珍贵。

后一句俗语的意思是:一些地位低微的农民不能抓住好的机遇,甚至会去贬低美好的事物。这则谚语也可以用来形容一些处在较低社会地位的人无法欣赏和体会精致事物的美丽。

(62) 时代推着老人们向前跑。

(63) 不受眷顾的人处处都没好运。

(64) 猪和母鸡吃什么都能长大。

(65) 卖葡萄酒的店是最不赚钱的店。

(66) 一只苍蝇一头牛。

上述最后一句俗语的意思是:有时我们可以从细微之处推断出大的发展方向,也就是人们常说的"以小见大"。

(67) 事实上眼睛比手更胆怯。

俗语大意:通常,我们在困难面前会感到惧怕甚至退缩,认为困难超出了自己的能力范畴。事实上,如果我们勇于着手处理放手去做,会发现其实解决困难远比我们想象中来得容易和轻松得多。

(68) 孩子在小时候有小时候的烦恼,长大后有长大后的烦恼。

(69) 家里有人在做官,永远不会死太惨。

后一句俗语的意思是:家里要是出了个有权有势的亲戚,家中其他人哪怕只是远房亲戚都会跟着沾光。相对于普通家庭来说,有了靠山的家庭则是幸运多了。

(70) 害羞的人容易吃亏。

(71) 爱让人妒忌。

(72) 人们总是对小鸡爱护有加。

后一句俗语的意思是:特别有德行或惹人喜爱的人,人们总是会对他倍加呵护关心。

(73) 猫的儿子会抓鼠。

(74) 要以上帝之名起誓人们才能相信你的诚意。

(75) 缝缝补补又一年。

后一句俗语的大意是:一年到头都勤俭持家。

(76) 贫穷并不可耻。

(77) 有能力者多给予。

(78) 谁是主人听谁的。

(79) 财富不能塑造人,但人可以创造财富。

(80) 物以类聚人以群分,就像猪油和蚕豆。

这最后一句俗语的大意是:处在相同境地的人通常可以相互理解惺惺相惜。注意,这则俗语常含贬义。

(81) 吃饱了就忘记挨饿过。

(82) 没有翅膀的鸟不会飞。

(83) 软木塞没有褐色的刺。

这后一句俗语的大意是:有德行的人不会做为人所唾弃的恶行,有德行的人说话一定很有修养。

(84) 在床上或食堂里唱歌的人不是疯了就是受了伤。

俗语大意:受伤时精神会处于半疯状态。

(85) 烦人的女人犹如头上的跳蚤。

(86) 就连粗木桩上的木刺都能掷地有声。

后一句俗语的大意:强悍的人总是让人敬畏。

(87) 制动杆都是一个样儿。

俗语大意:兄弟之间模样常常相似。

(88) 进步者有福,退步者可耻。

(89) 想要把水捣碎,将会徒劳无功。

(90) 不要对疯子和圣人开玩笑。

(91) 驴子的优点可上不了天堂。

(92) 过得好不好,看脸就知道。

(93) 小鸟飞走了才想起要关笼子。

(94) 命中无福的人改变不了自己的命运。

这后一句的意思是:莫要着急,着急也无济于事。

(95) 时间不够用,是计划没做好。

(96) 新的司法(全新的政府)诞生后,可怜了试法的人。

(97) 正义从我家门前走过,没有到我家来坐坐。

(98) 肚子吃得饱,谁管吃沙还是草。

(99) 富有之家何来不幸。

不懂意大利官方语言只懂方言的人经常使用上述最后一句俗语。

(100) 在危险中诞生,在危险中毁灭。

(101) 被钢铁所伤,终能战胜钢铁。

(102) 笼子里的鸟不会愉悦地高歌,那只是它们的愤怒。

(103) 打不着马儿,只能打马鞍。

(104) 脚有多大码,就穿多大鞋。

上述最后一句俗语想说的是:每个人都有只属于他的命运

安排。

(105) 欲求所有,终将失去所有。

(106) 好的也是你的,坏的也是你的。

(107) 世界本就虚无。

(108) 来而复往,世间一遭。

(109) 一起享受喝牛奶的美妙时光,既不算兄弟也不算朋友;能一起分担无花果的饥寒岁月,不是兄弟就是朋友。

后一句俗语的大意:当物质充裕时,人们倾向于保持人际之间的距离,以防别人占了自己的便宜。

(110) 不行骗,不得生。

(111) 无利不起早。

(112) 幸运之子好于财富之子。

后一句俗语的大意是:拥有福气的人比拥有钱财的人能发展得更持久。

(113) 有心之人无能,有能之人无心。

意为:有心想做好事的人没有能力实现,有能力的人却没有做好事的意愿。

(114) 牛向驴子说家里的那些丑事。

(115) 驴子驮稻草,都为自己吃。

后一句之意:每个人都从自己的劳动中得到了好处。

(116) 虔诚与盗窃,只有一墙之隔。

(117) 人越少,聚会越欢乐。

(118) 做了好事却下了地狱。

这最后一句用来形容做了好事却没有得到应有的福报。

(119) 不做坏事,就没有恶报。

(120) 大自然,不可逆。

这后一句指的是,孩子一定会长得像父母。

(121) 连马厩栅栏都和受伤的马儿过不去。

俗语大意:对于做坏事的人大家都会与他为敌。

(122) 肩膀不疼的人肋骨疼。

俗语大意:每个人都有各自的难处,家家有本难念的经。

(123) 乌鸦不会啄乌鸦的眼睛。

俗语大意:恶毒之人彼此不会相互使坏。

(124) 不断奔跑的,是命运,不是马儿。

俗语大意:一个人能否取得成功,是由命运来决定的,并非由外物所定,因此人生的一切挑战都是个人福气的结果。

(125) 每件事物都有属于它自己的时代。

(126) 一百个小时,一百种方法。

(127) 乌鸦再黑,黑不过翅膀。

后一句俗语的大意是:恶毒之人的灵魂不会比他的行为更丑陋。

(128) 有人给予,有人承诺。

(129) 你的皮都赶不上狗的皮。

言外之意是，狗的皮都比你的脸皮值钱。

(130) 使别人的皮子做的皮带总是特别宽。

俗语大意：用别人的东西时总会比用自己的东西大手大脚。

(131) 各人有各人的妙招儿。

(132) 上帝用财富让我们免受饥饿之苦，又用贫穷使我们免于被审判之责。

(133) 做出什么事就是什么样的人。

(134) 跛子偏偏遇上刺儿。

这最后一句想说的是：不幸的人总是遇到各种困难，有祸不单行之意。

(135) 东西太便宜，就开始稀缺。

(136) 肝儿里也能找到骨头。

俗语大意：即使是最简单的事情也会遇到困难，或说一切事都不会一帆风顺。

(137) 学完艺术，又丢一旁。

(138) 保险比冒险强。

上述第二句等于是说，今天的一个鸡蛋比明日的一只母鸡更可靠。

(139) 一个铃铛撞不响。

俗语大意：只听取争执双方中一方的意见，将得不到真正客观的事实。

(140) 主人离开,椅子易主。

这则俗语表示,一个人刚刚得到了新空出来的职位。

(141) 不是神甫,不主持弥撒。

俗语大意:与我并无干系或我不感兴趣的事,我绝不掺和。

(142) 三月复活节,面包香满房。

(143) 少而精强于多而糟。

(144) 有勺子的人喝得更多奶。

这后一句想告诉人们,善于运用工具或技巧的人能够得到更多的利益。

(145) 碰得着蜂蜜,舔得了手指。

这句俗语的用法同前一则俗语。

(146) 打扮过的棍棒可以当船使。

(147) 一百个脑袋,一百根线头。

俗语大意:每个人都有自己的看法。

(148) 十月圣人加维诺[1]一去世,天气转冷大家挨饿。

(149) 三月十五日一过,布谷鸟便鸣啾啾。

布谷鸟开唱,表示天气已开始好转。

---

① 圣人加维诺(公元3世纪—公元303年):古拉齐奥地区士兵,因笃信天主教而被撒丁岛与科西嘉岛的行省长官下令处死。天主教会规定每年5月30日为其瞻礼日。

(150) 四月十五日，上帝去睡觉。

(151) 五月十五日，上帝当农民。

此时开始进入收割季。

(152) 在花海中钓鱼，与在深秋时钓鱼一样，昼夜都是一样长。

三月和十月的昼夜差别是一样的。

(153) 能滚动的石头上放不了羊毛。

俗语大意：滚动的石头不生苔，引申为：一个人如果事先不做好打算，当机会来临或身兼要职时也抓不住幸运。

(154) 大口变小口，肚子更轻松。

这句俗语告诉人们，要慢慢吃饭，肚子才不会爆炸。让每个人都有饭吃对大家来说都有好处，不要过饥也不要过饱。

(155) 不管犯没犯错，哭泣的总是山羊。

这句是说，弱者容易为别人的错误付出代价，成为真正犯错者的替罪羊。

民间常用语

在形容胃口特别好或者食物很美味的时候，人们常说："我的耳朵都可以看到佳肴了。"

表示因害怕或焦虑而心跳加速时，人们常说："我的心，就像关在口袋里的小猪一样跳得厉害。"

形容未经任何装潢的房屋空旷荒凉的样子时，人们常说："在这屋里都能用棍棒打老鼠。"

到一个口碑很差的商店买东西，或碰上商店售货员吝啬得满城皆知时，可以这么说："去找耗子买奶酪。"

一个人遇到了困难却没有克服困难的能力和方法，人们会这样感叹道："连他脚下的稻草都要与他作对。"换作一个坚强勇敢又有福气的人遇到困难，人们则说："只是有根骨头暂时卡住了喉咙而已。"

一个为人所厌恶的人死去时，人们会欢庆道："再也看不见他，真是我们的乐事啊！"

若要形容一个格外富有的人，可以说："他的家里就连放扫帚的角落都堆满了钱。"

形容一个人的肤色非常难看时，则说："他的皮肤像恶魔一样漆黑，还挂着沥青一样土灰的颜色，让人看着便觉痛苦。他的整张脸都散发着能够致人犯罪的邪恶引诱，又似乎可怜得像个注定无人捡拾的小野果。”

要形容一个人的长相非常丑陋，可以说：“他丑得和狗一样，简直活脱一个牲畜，正如画中的恶魔散发着妄图致人犯罪的邪恶引诱，他的丑就连万能的上帝都创造不出来。”

在表达那些令人惊叹的美貌时，人们会说：“他美得犹如日月星辰，恰似那娇艳盛放的鲜花，与最美的圣物不相上下。他的面庞是一幅画儿，又是一位圣人。白里透红的健康色泽犹如牛乳与血红交融到脸上，那美貌让人不禁想要放声歌唱。”

描述一个人的棕黑色皮肤时，人们常说：“她黑得就像恶魔手中的面包。”

形容非常漆黑的环境时，人们会说：“这里黑得让人都没法儿张嘴开骂了。”

若是一个人非常贪吃，大家可以这样说他：“他简直就是一个容器，像狗一样的。”言外之意是，此人没有什么其他的需求，只要不断给他提供食物就可以了。而如果一个人吃得很少，大家则说他“饭量和小鸟儿一样”。

宪兵和警察会被人称为“不祥之人”，神甫和神学院的学生则形象地成为了“黑乌鸦”。大家称呼有钱有势的人或贵族们为“主人”、“大人”或“大石头”，比如可以说，“他是一块浑身是油的大石头”。当然，人们有时也会不无嫉妒地说：“他只是个没有见识过肚子疼的人罢了。”

当一个人蒙受了巨大的打击和侮辱，心情正处在低谷时，人们会这样形容道：“他煎熬着，仿佛又回到了黑暗沉重的中世纪。他的哀伤犹如黑夜笼罩着整片大地。”

说一个人傲慢自大、目中无人时，人们会这样表达：“他硬得跟个梨子似的。”这句话同样可以用来形容一个骨瘦如柴到几乎会昏厥的人，或用来描述一个自我膨胀得犹如发酵期的奶酪的人，他似乎随时准备干一番惊天动地的大事业，那劲头就像一匹驰骋的骏马欲扫荡前方的一切阻碍。

形容一个人成天郁郁寡欢，整日里满身的怨恨时，大家要说他：“好像所有人都欠他的钱一样。”

如果一个人倾家荡产了，人们会叫他“半条裤子”。如果一个人失去了工作或长期待业，人们会叫他“数时间的人”。

可以这样讲一个很瘦的人：“他就像一只阉过的老鼠。”而对于一个很胖的人，人们会说他“像一头猪”。倘若面对的是一个面色苍白骨瘦如柴的人，大家会说他：“这人长得和土地一样，脸上简直就是灰尘的颜色。”

如果有人聚众传播流言或在背后说别人的坏话，大家会说他正在唱“无聊的歌曲”。对于一个一直在不停抱怨絮叨的人，大家也免不了要嘲笑地说上一句：“瞧，他嘴里在念零碎的《玫瑰经》呢。”

经历了社会上的大动荡后，大家会以一种无奈之下的幽默感讽刺地说道：“反正这些小锅里总要蹦出几个大锅的。”

如果以挖苦的口吻评价一幢装饰得富丽堂皇的房子，人们会这样说：“这屋里养的狗，脖子上拴的可不是绳子而是香肠。”

名字与绰号

努奥洛人在为新生儿取名字这件事上一直保留着“世袭”的传统。人们通常会择其祖辈的名字来为这个新生命取名。大多数情况下，家里的第一个男孩会和他的祖父同名，第二个男孩会和外公同名。由于努奥洛地区使用的是不同于意大利官方语言的撒丁岛方言，所以即便是同样的一个名字，也会有不同的表达方式和不同的昵称。下面这些男性名字都是努奥洛最常见的人名，用的都是撒丁岛方言的书写形式：

(1) 弗朗切斯科 Francesco（弗朗齐斯库 Franziscu，齐斯科都 Chischeddu，齐祖 Zizzu，齐齐图 Zizitu；如果是女性的名字，则在词尾加上一个“a”即可）

(2) 乔瓦尼 Giovanni（于巴内 Yubanne，巴内 Banne，巴内都 Banneddu）

(3) 塞巴斯蒂亚诺 Sebastinano（苏布斯蒂亚诺 Subustianu，布斯蒂亚诺 Bustianu，塔内都 Taneddu；女孩儿则用塔塔娜 Tatàna）

(4) 安东尼奥 Antonio（安东尼 Antoni，安东内都 An-

toneddu)

(5) 乔瓦尼·安东尼 Giovanni Antonio（于巴那东尼 Yubannantoni，托尼尼 Tonini，托尼亚 Tonia)

(6) 迪耶戈 Diego(迪耶古 Diegu)

(7) 加维诺 Gavino(加宾祖 Gabinzu，加宾内都 Gabineddu，柏音祖 Bainzu，柏泽都 Baizeddu)

(8) 桑托 Santo(桑特都 Santeddu)

(9) 乔瓦尼·玛利亚 Giovanni Maria（丛马乌拉 Zommaura，丛玛利亚 Zommaria)

(10) 毛洛 Mauro(毛来都 Maureddu)

(11) 安德烈 Andrea(安德里亚 Andria，安德里阿娜 Andriana)

(12) 安琪罗 Angelo(安泽路 Anzelu，安泽勒都 Anzeleddu)

(13) 多明尼克 Domenico（杜明尼可 Duminiche，杜明尼可都 Duminicheddu，尼可都 Nicheddu)

(14) 伊涅亚齐奥 Ignazio(伊纳修 Innassiu)

(15) 保罗 Paolo(保路 Paulu)

(16) 朱塞佩 Giuseppe（乔塞佩 Joseppe，佩佩 Peppe，佩佩都 Peppeddu，朱塞佩都 Zosepeddu)

(17) 卡洛 Carlo(卡拉路 Caralu)

(18) 贾科莫 Giacomo(雅酷 Yacu，雅克都 Yacheddu)

(19) 艾菲西奥 Efisio(艾菲斯 Efes)

(20) 路易吉 Luigi(路易西 Luisi，路易斯都 Luiseddu)

(21) 萨尔瓦多 Salvatore（萨乐巴多 Sarbadore，波波莱 Bobore，波莱 Bore，波波莱都 Boboreddu)

(22) 马泰奥 Matteo(马泰乌 Matteu)

(23) 巴尔托罗莫 Bartolomeo（贝尔图莫 Bertumeu，贝尔特 Berte，贝尔特都 Berteddu）

(24) 费丽奇 Felice（菲利克斯 Felix）

努奥洛女性的常用名有：凯特琳娜 Caterina（齐丽娜 Chillina），格莱齐亚 Grazia（格拉西亚 Grassia），乔万安吉拉 Giovannangela（娜内达 Nannedda），玛利亚安吉拉 Mariangela（曼泽拉 Manzela），路易吉娜 Luigina（琪琪娜 Zizina），埃莱娜 Elena（埃莱内 Elene），文琴扎 Vincenza（米森塔 Missenta），宝琳娜 Paolina（宝莱达 Pauledda），丽塔 Rita（阿丽塔 Arrita），安娜 Anna（安妮卡 Annicca），露琪亚 Lucia（卢可雅 Luchia），莱奥纳尔达 Leonarda（莱娜达 Lenarda），尼科琳娜 Nicolina（尼克罗莎 Nicolosa），等等。

此外，把两个单名连在一起使用的名字也很常见。人们常用昵称或缩略名来称呼尚在幼年时期的孩童，这个名字会伴随他一生。

对于外号的研究似乎比研究人的正式名字更加有趣。在努奥洛几乎人人都有外号，人们会用外号来称呼彼此，相互调侃。也许只是一个动作、一回善举或一次恶行，一个人就能得到一个属于他自己的外号。不仅如此，爷爷的外号还会传给父亲，父亲的外号又传给儿子。久而久之，外号甚至代替了原本正式的姓氏，并随着血脉的延续一直保留下来。可以说，绰号凝结了努奥洛人的智慧，这智慧显得既诙谐又刻薄。

下面，就让我们来看看努奥洛地区都有哪些经典的绰号：

碎尾巴；铁脑袋；七十五分钱；挖太阳的人；黄金肩膀；可怜虫；信徒；大胃口；陀螺；黄蜂；长老；父亲叔叔；鲜花；狐狸；黑暗魔王；蝴蝶叔叔；反基督；葡萄酒；笨脑袋；导游；恶魔；长

尾巴。

一个非常贫穷的农民被大家称为“乳香黄连木[1]之王”，他的儿子则是“王子”，女儿是“公主”，孙辈们也将继承这“高贵的头衔”。如果一个人不能处理好自己的事情，并且表现出一副非常冷漠事不关己的态度，人们就会送他“透明人”的绰号，表示他仿佛根本不存在一样。

以上这些都是努奥洛地区最最常见的绰号。

① 地中海地区常见的漆树科常绿灌木。

驱　魔

暴风雨来临时，狂风大作，雨打门窗。每每到如此恐怖的时刻，人们就会唱起这首驱魔辟邪的歌谣。努奥洛人相信，这首歌可以帮助他们赶走兴风作雨的恶魔，使自然万物恢复到平和的状态。有时，虽然天刚刚开始打雷，为求风雨赶快过去，人们就已开始唱这首驱魔歌了。大自然的暴怒是因为恶魔要了把戏，而圣人马蒂诺[①]则会代表人类与恶魔作英勇的斗争，并终将获胜，为人类求得自然的庇护。这首驱魔歌各段落之间是有机统一的整体，一旦开始就应善始善终地从头唱到尾，若是半途而废，不仅不能成功驱魔，反而会引起更加恐怖的后果，暴风雨可能会来得更加猛烈！驱魔歌曾作为祈祷词出现在传统仪式上，之后又被教会列为禁歌多年。尽管如此，正如其他禁之不尽的事物一样，这首歌也以一种秘密的形式在民间被传诵了下来，每当风雨交加之时人们就开始喃喃哼诵此曲。

现在我们看到的这版驱魔歌是由在民间极其流行的《十二箴

① 圣人马蒂诺（316—397）：天主教圣人，曾与穷人分享自己的衣物，并建立隐修院。天主教会规定每年11月11日为其瞻礼日。

言》演化而来的。

出去吧，我在里面您在外面。
圣人马蒂诺，我们为您祈祷。
既然您是圣人，定会为我指引。
那我也告诉您一句箴言：最大是太阳，而不是月亮。

出去吧，我在里面您在外面。
圣人马蒂诺，我们为您祈祷。
既然您是圣人，定会为我指引。
那我也告诉您第二句箴言：当耶稣摆脱了十字架，摩西先知[1]的两页《十诫书》正祈祷着：圣父圣子圣灵，阿门！

出去吧，我在里面您在外面。
圣人马蒂诺，我们为您祈祷。
既然您是圣人，定会为我指引。
那我也告诉您第三句箴言：当耶稣摆脱了十字架，三位伟大的玛利亚[2]和摩西先知的两页《十诫书》，都在祈祷着：圣父圣子圣灵，阿门！

出去吧，我在里面您在外面。
圣人马蒂诺，我们为您祈祷。
既然您是圣人，定会为我指引。

---

① 摩西是《圣经》中所记载的公元前13世纪时犹太人的民族领袖。在摩西的带领下，希伯来人摆脱了被奴役的悲惨生活，学会遵守十诫，并成为历史上首个尊奉单一神宗教的民族。

② 圣母玛利亚有两个异父妹妹，都叫玛利亚。

那我也告诉您第四句箴言：当耶稣摆脱了十字架，四部《福音书》[①]，三位伟大的玛利亚和摩西先知的两页《十诫书》，都在祈祷着：圣父圣子圣灵，阿门！

出去吧，我在里面您在外面。

圣人马蒂诺，我们为您祈祷。

既然您是圣人，定会为我指引。

那我也告诉您第五句箴言：当耶稣摆脱了十字架，他身上的五道伤口[②]，四部《福音书》，三位伟大的玛利亚和摩西先知的两页《十诫书》，都在祈祷着：圣父圣子圣灵，阿门！

出去吧，我在里面您在外面。

圣人马蒂诺，我们为您祈祷。

既然您是圣人，定会为我指引。

那我也告诉您第六句箴言：当耶稣摆脱了十字架，六支明烛，他身上的五道伤口，四部《福音书》，三位伟大的玛利亚和摩西先知的两页《十诫书》，都在祈祷着：圣父圣子圣灵，阿门！

出去吧，我在里面您在外面。

圣人马蒂诺，我们为您祈祷。

既然您是圣人，定会为我指引。

---

① 《福音书》是指《新约圣经》的前四卷，记述耶稣基督的生平和受难，分别是："马太福音"、"马可福音"、"路加福音"、"约翰福音"。据说作者分别是马太、马可、路加和约翰。

② 耶稣被钉上十字架，双手双脚和肋下都有伤痕。

那我也告诉您第七句箴言：当耶稣摆脱了十字架，七首颂歌[1]，六支明烛，他身上的五道伤口，四部《福音书》，三位伟大的玛利亚和摩西先知的两页《十诫书》，都在祈祷着：圣父圣子圣灵，阿门！

出去吧，我在里面您在外面。

圣人马蒂诺，我们为您祈祷。

既然您是圣人，定会为我指引。

那我也告诉您第八句箴言：当耶稣摆脱了十字架，八颗心脏，七首颂歌，六支明烛，他身上的五道伤口，四部《福音书》，三位伟大的玛利亚和摩西先知的两页《十诫书》，都在祈祷着：圣父圣子圣灵，阿门！

出去吧，我在里面您在外面。

圣人马蒂诺，我们为您祈祷。

既然您是圣人，定会为我指引。

那我也告诉您第九句箴言：当耶稣摆脱了十字架，九条教规，八颗心脏，七首颂歌，六支明烛，他身上的五道伤口，四部《福音书》，三位伟大的玛利亚和摩西先知的两页《十诫书》，都在祈祷着：圣父圣子圣灵，阿门！

出去吧，我在里面您在外面。

圣人马蒂诺，我们为您祈祷。

既然您是圣人，定会为我指引。

那我也告诉您第十句箴言：当耶稣摆脱了十字架，十道古

---

① 指的是在七件圣事时所唱之歌，即：圣洗、坚振、告解、圣体、神品、终傅、婚配。

令,九条教规,八颗心脏,七首颂歌,六支明烛,他身上的五道伤口,四部《福音书》,三位伟大的玛利亚和摩西先知的两页《十诫书》,都在祈祷着:圣父圣子圣灵,阿门!

出去吧,我在里面您在外面。

圣人马蒂诺,我们为您祈祷。

既然您是圣人,定会为我指引。

那我也告诉您第十一句箴言:当耶稣摆脱了十字架,十一则戒律,十道古令,九条教规,八颗心脏,七首颂歌,六支明烛,耶稣身上的五道伤口,四部《福音书》,三位伟大的玛利亚和摩西先知的两页《十诫书》,都在祈祷着:圣父圣子圣灵,阿门!

出去吧,我在里面您在外面。

圣人马蒂诺,我们为您祈祷。

既然您是圣人,定会为我指引。

那我也告诉您第十二句箴言:当耶稣摆脱了十字架,十二位使徒[1],十一则戒律,十道古令,九条教规,八颗心脏,七首颂歌,六支明烛,耶稣身上的五道伤口,四部《福音书》,三位伟大的玛利亚和摩西先知的两页《十诫书》,都在祈祷着:圣父圣子圣灵,阿门!

出去吧,我在里面您在外面。

圣人马蒂诺,我们为您祈祷。

---

① 指耶稣亲自拣选的经常跟随自己的十二个门徒。因为耶稣常差遣他们到各地传教,所以也称为“使徒”。这十二使徒分别是西门彼得、安德烈、西庇太的儿子雅各、约翰、腓力、巴多罗买、多马、马太、亚勒腓的儿子雅各、达太、奋锐党的西门和伽略人犹大。后来伽略人犹大出卖耶稣自缢而死,由彼得主持另选出马提亚补足十二使徒之数。

既然您是圣人,定会为我指引。

第十三句并非箴言:您距我万里之遥,在这蔚蓝的深海中,您与基督徒们一起,渐行渐远。

祈祷与心愿

一些虔诚的妇女认为，做弥撒时只聆听不祈祷是最受上帝欣赏的做法，这就是说人们要专心致志地留心祭司的一言一行。然而事实正相反，努奥洛人却不这么认为，这里的民众恰恰喜欢大声祈祷，九日敬礼[①]期间更是如此。显然，人们在做简短的弥撒、演讲或身处乡间教堂时，嗓门是很大的。朴素而平凡的努奥洛村妇，也就是努奥洛的大多数女人，她们双腿交叉着盘坐在教堂的地上，而她们的男人则坐在凳子上。盘腿席地而坐的村妇总喜欢搬弄些是非，给流言蜚语加些佐料。也有些女人坐在长凳或者椅子上，相比之下，她们看起来简直就是贵妇模样，不像大多数村妇那副德行。穿着绣花的裙子、戴着手套的女人虽不一定都是贵妇人，但至少可以肯定她们绝不是些普通农妇。

弥撒开始时，由一位男士或女士高声领读《玫瑰经》，并用方言诵读《圣母颂》的前一句。之所以用方言朗读，是为了使大家都听得明白。领读后大家齐声接下一句，之后便换做先由民众诵读前半句，领读人单独诵读后半句，就这样相互交替着进行，直至完成

---

① 九日敬礼：或称九日致敬，是对圣母的虔诚祈祷，以获得圣母的特别恩宠。

整篇《玫瑰经》的诵读。而后，领读者与民众需要用和读《玫瑰经》一样的方式诵读《垂怜经》。领读者诵读前三小句，然后大家一起用拉丁语祈祷："上帝，请垂怜我们！"继而再接下面的三句，如此往复，直至最后读毕。诵过《垂怜经》后，接下来的是《玛丽安赞歌四首》中的《母后万福》了。《母后万福》、《上帝万福》和《上帝拯救玛利亚》这些赞歌都有相应的方言翻译版本。最后要大家诵读的是《宽恕经》，此时的圣乐相当低沉哀伤，极富宗教色彩。恰逢天主教的九日敬礼时，人们还会吟唱颂歌，对此本书也有专门的篇幅进行介绍。

关于为圣歌配乐伴奏的圣乐，我们在第一期的《意大利传统民俗》杂志上已有过专门的介绍。这些配乐的曲调恰如其分地介于古典与流行之间，既有浓重的宗教色彩，又颇具撒丁岛当地的风韵，细细品来甚至可以从中感受到撒丁岛人民热情洋溢的个性特点。这些圣歌均是由当地农民发挥民间智慧所谱写的，因此常晕染着浓厚的乡土气息。圣歌几乎称得上是上乘的"半诗歌"，虽格律陈旧，多少会让人有些厌腻，但却是撒丁岛人民喜闻乐见的重要创作形式之一。

圣歌的歌词用意大利语化的当地方言填写而成，绝大多数使用的都是劳谷多罗方言，劳谷多罗方言语调柔和温婉，是撒丁岛的官方方言。

圣歌本是撒丁岛人民集体智慧的结晶，歌中我们可以真切地体会到来自不同地区的差异以及鲜明的地方特色。它们或神奇或淳朴，但都很纯粹质朴而又兼具着浓厚的巴洛克风情。

除了正统的圣歌外，撒丁岛上还不乏各式各样的滑稽模仿之作。我们在第一期《意大利民间风俗》杂志上刊载的《洛德埃的圣安东尼赞歌》就是其中的经典之作。此外，下面的这首《奥列娜[1]的圣卢索里奥赞歌》也足以与之分庭抗礼。这首赞歌的主歌词是：

我们的保护者圣卢索里奥，
他瘦骨嶙峋披着件大袍，
紧紧张张，干干巴巴地啃了一口
那已经烤焦了的黑色面包。

但在努奥洛地区，却没有类似的圣歌嘲讽作品问世。

究其原因，可能是相对于撒丁岛其他地区的人民来说，努奥洛人更加虔诚的缘故吧。面对不幸时，努奥洛人大多会求助于上帝，祈求他的庇佑。努奥洛的女人会将自己的戒指、钱财、珠宝和家里的蜡烛捐献给圣人以表诚心。不仅如此，她们还要进行游行祈祷，履行九日敬礼和参加弥撒，也有人会脱去鞋袜徒步朝圣[2]，甚至削去头发以表虔心。许愿的整个过程中，妇女们都会在教堂里跪地爬行，更有甚者，打进门起就开始表现虔诚了。

有些男人为表虔诚，也会剃成光头赤着双脚去完成一段漫长的朝圣之旅。

努奥洛人笃信奇迹，同时也相信确实存在着某种超自然的力量。但努奥洛人懂得适可而止地掌控自己的信仰，这不同于某些地方的人，对于信仰的迷信竟到了草木皆兵似的病态程度。不过，除去对圣人们的赞美与歌颂外，努奥洛就几乎没有其他内容的赞歌了。当地人对天主教会的祈祷已相当满足，况且还能够使用到自己方言版本的颂歌，赞颂也便无复他求了。事实上，努奥洛人偶

① 奥列娜(Oliena)：撒丁岛市镇。

② 天主教徒朝拜圣地是为朝圣，信徒们认为可以借此祈福、赎罪或表示感恩。

尔也会用拉丁语做祈祷，但此时的他们显然一点都不用心，诵读时漏洞百出、错读连篇的情况比比皆是。但对此他们毫不在意。这里的女人们总会穿着圣衣，携带十字架、圣币或其他一些圣器，以求上帝的保佑。在努奥洛，人们对于图腾的膜拜无与伦比，比如大家会随身佩戴祝圣用的小器具或将它们放在床头；会用细线在衣服夹衬里绣出十字架图案；新年伊始还会用新烛在衣服背面烫出一个新的十字架，小男孩被打扮成修道士的模样，小女孩则穿着咖啡色的羊毛外套戴着白色手套，他们整装一新，以求新的一年能够得到上帝的庇护。

有的人会为教堂提供灯油，有的人会留在教堂里服务一段时间，也有人终生都在向上帝表达着自己的这份忠心。

卡梅洛[1]圣母颂歌

1

在加冕的苍穹之上，
在神圣庄严的天空之缘，
卡梅洛笼罩在一片欢乐之中，
我们的圣母，祝您万福！

2

您的父亲是德行过人的杰西，
您的母亲是人人敬爱的瑞吉，
您是以色列最引以为傲的女儿，
是永恒的选择。
在您降生之前，
就已备受恩惠。
卡梅洛笼罩在一片欢乐之中，

---

① 卡梅洛(Carmelo)：努奥洛市下面的一个镇子。

我们的圣母，祝您万福！

3

在那遥远的圣洁果园，
在那迷幻的缤纷花园，
您已经于心中酝酿起
那令世人俯首的神德。
那花园是座永恒之城，
对我们而言，您将它变为现实。
卡梅洛笼罩在一片欢乐之中，
我们的圣母，祝您万福！

4

上乘西洋杉木堆砌的神庙，
是圣洁至上的神坛，
由永恒将之建造，
为了其子民的福祉。
这里是大爱的天堂，
这里是上帝之所望。
卡梅洛笼罩在一片欢乐之中，
我们的圣母，祝您万福！

5

您将那永生的漫长岁月，
都致力于犹太民族的伟大复兴。
阿罗内金条上刻着的预言，
预示着永久的辉煌与荣光。

娇嫩的玫瑰，
天边的棕榈。
卡梅洛笼罩在一片欢乐之中，
我们的圣母，祝您万福！

6

这里有纯白的百合，
黎巴嫩芳香的西洋杉，
还有上等的梧桐。
这里是万能之主的故乡，
这里居住着世界之源泉。
卡梅洛笼罩在一片欢乐之中，
我们的圣母，祝您万福！

7

母后万福！
您的国度充满欢乐，
欢迎您踏上这片热土。
纯洁的大地望您垂怜，
翠绿的植物生机盎然，
平和的人们心远地偏。
卡梅洛笼罩在一片欢乐之中，
我们的圣母，祝您万福！

8

天空之城里，
人们往来不绝，

您慷慨地敞开大门，
在奥林匹斯山之巅。
那永生的终极国度，
是您所福佑的地方。
卡梅洛笼罩在一片欢乐之中，
我们的圣母，祝您万福！

9

在这饱受恩惠的山丘之上
在那绵延无尽的广袤天边，
伫立着一座神圣的山峰，
那是卡梅洛圣母的土地啊！
您指引着我们，万能的母后，
在那无尚荣光的天国之下。
卡梅洛笼罩在一片欢乐之中，
我们的圣母，祝您万福！

10

先知亚伯[①]的雄伟圣殿，
我们渺小的人类，
祈求永恒能指给答案。
在光明的国度里，
所有的祈祷都能被听见。
卡梅洛笼罩在一片欢乐之中，
我们的圣母，祝您万福！

---

① 亚伯是圣经中最早的一位先知，也是最早殉道的人。他是亚当和夏娃的儿子。

11

此时此刻，
我们为何无能为力？
我们的圣母充满光辉，
我们的故乡满载荣誉。
大卫的琴声悠远清扬，
色萨利①的圣环随风飘荡。
卡梅洛笼罩在一片欢乐之中，
我们的圣母，祝您万福！

12

作为圣父、圣子、圣灵
三位一体开出的唯一花朵，
救世主的母亲
在神秘中降世，
犯罪者的自我安慰，
在日光中您接受加冕。

13

在充满光辉的宇宙中，
在神秘莫测的面纱下，
卡梅洛笼罩在一片欢乐之中，
我们的圣母，祝您万福！

---

① 色萨利（Thessalia）：希腊中东部历史区域，历史上该地是众多文化的聚集地，该地亦是希腊神话之源——奥林匹斯山所在地。

格纳莱[1]圣母颂

1

高高在上的王后，
苍生万物的主宰。
啊，您是最为尊贵的牧羊人，
在这格纳莱的山丘之上！

2

您所居住的这座山丘
高高在上的王后啊，
这山因您而备受恩泽。
不见一丝云朵遮挡，
这里是一块福地，
这里是您的居所。
啊，您是最为尊贵的牧羊人，

---

① 格纳莱镇（Gonare）：意大利撒丁岛努奥洛省的一个市镇。

在这格纳莱的山丘之上！

3

在这伟大的山丘之上
有您威严的宝座。
您饱含着包容与爱心，
将那宽恕给予万物。
您将拥有的一切美好与财富，
都慷慨地赠与我们。
啊，您是最为尊贵的牧羊人，
在这格纳莱的山丘之上！

4

您的光芒闪耀夺目，
照亮这整座山丘。
这里是一切罪人的救赎之地，
所有恩惠与福泽都与之隔绝。
啊，您是最为尊贵的牧羊人，
在这格纳莱的山丘之上！

5

无上的至尊啊，
您在这山丘之上熠熠生辉。
我们的需求
也是我们的圣母您的愿望。
啊，圣母啊，您的慈悲您的恩惠，
多么慷慨多么高尚！

啊,您是最为尊贵的牧羊人,
在这格纳莱的山丘之上!

6

山丘之上,丛林乱石之中,
满藏珍贵的宝石与自然的馈赠。
美丽的鸟儿也在林间,
哼唱出动听的歌谣与婉转的曲调。
闪亮的星光洒下银辉,
成为您加冕的王冠。
啊,您是最为尊贵的牧羊人,
在这格纳莱的山丘之上!

7

山丘之上的那方天空,
便是尊贵的天堂所在。
这方因为有您,
而变得更加堂皇。
每一股小溪,每一缕清泉,
都折服在大海的胸前。
啊,您是最为尊贵的牧羊人,
在这格纳莱的山丘之上!

8

在惬意的丛林中居住的牧羊女啊,
这片丛林是最最迷人的宝地。
您就在这环宇之间,

我们至高无上的母后。
美丽的牧羊女，美丽的牧羊女，
您如这片丛林般美丽，为人所爱。
啊，您是最为尊贵的牧羊人，
在这格纳莱的山丘之上！

9

数不清的恩惠，数不清的美好，
数不清的珍奇，数不清的佳宝。
我的圣母，您的手中
握有那无尽的财富，
如此博大连大海都盛纳不了。
您永远值得我们为您歌唱。
啊，您是最为尊贵的牧羊人，
在这格纳莱的山丘之上！

10

那些天使，
知识天使，上品天神，
都在您的身边，
为您守护。
哼唱着温软的曲调，
哼唱着暖人的和谐。
啊，您是最为尊贵的牧羊人，
在这格纳莱的山丘之上！

11

络绎往来的外乡人，
他们无论老少，
都拜倒在您仁慈的足下。
全部来到这座山的山脚，
他们要为您歌功颂德。
啊，您是最为尊贵的牧羊人，
在这格纳莱的山丘之上！

12

聋子，跛子，还有其他残疾者，
统统来到您的住处。
他们来到这里，
乞求那能救他们于泥沼的解药。
他们如此虔诚地
歌颂着您的功德。
啊，您是最为尊贵的牧羊人，
在这格纳莱的山丘之上！

13

最最美好的圣母，
您是唯一的救世主之母。
啊，您是最为尊贵的牧羊人，
在这格纳莱的山丘之上！

宽　恕

请饶恕我吧，我的主！
我向您忏悔，
我做了不光彩的事情，
现在恳求您的怜悯。

用于保存圣物的教堂通常都有着极佳的地理位置，从这里几乎可以望见撒丁岛的海岸线。每年的三月八日和九月八日，人们都会庆祝圣母节，附近二十几个村庄的居民都会在节日里欢聚一堂，一同庆祝这个历史悠久又活力四射的传统节日。在欢庆的人群中，数努奥洛的居民最多。作家斯塔尼斯·芒卡[①]曾在《撒丁岛杂记》中记录过有关这个节日的来历和传说：

托莱斯[②]地区的法官格纳里奥在一次出海远航途中遭遇暴风雨。命悬一线之时，他祈求圣母玛利亚保佑他逃脱此劫，并许愿如

① 斯塔尼斯·芒卡（Stanis Manca）：1865 年出生在撒丁岛萨萨里省，1916 年卒于意大利米兰，是意大利著名的记者、评论家，是黛莱达文学道路上极具影响力的一个人物。在本书的第三部分，节选了黛莱达与芒卡的部分书信。

② 托莱斯（Torres）：意大利撒丁岛萨萨里省的一个市镇。

果能重见天日逃出此劫，他将在脱险后所见的第一座山丘上为圣母玛利亚修建一座圣堂。话音刚落，暴风雨竟像是被施了魔法一般戛然而止，一切又恢复了平静。待云雾渐渐散去，远处有座山丘屹立在这位法官的面前。于是，当这位大难不死的法官多年后重回故地之时，他便依照自己当初的诺言在山丘上建造了一座圣母教堂。由于有了这个传说，人们渐渐开始称这座山丘为“格纳里奥山”，以此来纪念教堂的建造者——格纳里奥法官。除了这个版本的故事之外，关于这座圣堂的来历还有其他的说法，但都未能解释为何圣母圣堂会被建造在格纳里奥山上。关于圣堂，我们还找到了这样一个值得同大家分享的故事：

一天，圣母从天堂缓缓来到人间，她想要看看人们为自己修建的圣堂进展得如何了。当她从位于山脚的丛林中穿过时，她遇见了圣女芭芭拉[①]。圣母对芭芭拉说：“啊，奥尔扎伊的芭芭拉，他们给你建的圣殿在哪里？我们缘何从未曾谋面？”

事实上，圣女芭芭拉教堂就建在距格纳里奥山不远的奥尔扎伊村，但由于奥尔扎伊村地势低洼，在高出海平面不少的格纳里奥山下相形见绌了。

我们在这里仅提供给各位一些方言版的圣歌，这些圣歌均是由当地居民在九日祈祷或圣母节期间用劳谷多罗方言演唱的。

1

永恒的美德，
神圣的仁慈，
在您的面前，
我憎恶罪孽。

---

① 圣女芭芭拉：早起基督教圣人与殉道者，其瞻礼日为每年的12月4日。

2

我在您的脚下谦卑，
正如那可怜的罪人，
带着最真切的痛楚，
倒在您的脚下痛哭。

3

我真真是罪有应得！
曾令我犯下错误的恶因，
也让我吞下难咽的苦果，
啊，我的主！

4

我曾犯下百千罪行，
我承认所造下的罪孽，
是我，让我们的救世主
受尽折磨。

5

但是您，我的主，
充满仁慈，充满怜悯，
您给予了我们：
最慷慨的希望！

6

我感受到了您的心意，

从未曾将我抛弃。
其实您早已宽恕了我，
完完全全，实心实意。

7

我的面前是崭新的现在，
曾经的一切都不会再来。
我向您做出保证：
过往的罪孽将不会重来。

8

我已拜服在您的脚下，
期望作为您的子民，
真切地收到
您的旨意。

9

我祈求被您宽恕，
像您宽恕抹大拿①那样。
但我已做好准备，
接受我应受的惩罚。

10

我希望能获得宽恕，

---

① 指抹大拉的玛利亚，一直以一个被耶稣拯救的形象出现在基督教的传说里。后来有人说，她可能是耶稣在世间最亲密的信仰伴侣，或者说她是未被正史记载的最受耶稣教诲最得其神髓的门徒。

可我实在羞于提及，
因为您，仁慈的主，
终会将我宽恕。

11

若您能将我宽恕，
我定会不胜感激。
但我准备接受，
那应得的惩罚，
那神圣的惩罚。

12

我的罪孽，
会在每一个行为中减轻，
会在每一桩意愿中洗涤，
终于，彻底解脱。

13

我将永远遵循
您神圣的法律，
即使其中一些，
看来并无道理。

14

您的圣子耶稣，
他会一直指引我，
伸出手来帮助我，

让我重新站起来。

15

为了布道
您所流失的鲜血，
于我而言
时刻存藏于那十字架中。

16

象征光明的玛利亚万福！
您充满力量。
在您的面前，
我受到保护。

17

您不妨问一问，
问那身边的天使、圣人，
您在我们这片土地上，
多么的荣光！阿门！

诗

四行诗[1]

圣彼得村举办舞会，
主角是吉他与提琴。
牧师因脖子上的鸡眼没打领结，
圣彼得村在举办舞会。

姑娘就不玩游戏了，
如果你只想捉迷藏；
雪山上你点了把火，
姑娘吓得不玩游戏了。

---

① 四行诗属于民谣的一种，专门由努奥洛的男人演唱。女人唱的民谣另有形式，称作“木托斯”。民俗研究者在《努奥洛情歌集》一书中全面搜集了努奥洛地区的情歌与民谣。有相当一部分四行诗在整个撒丁岛都很流行，努奥洛地区创作的四行诗尤其如此。我们在搜寻阅览这些四行诗时，发现努奥洛的四行诗有着极为尖酸辛辣的讽刺性，其中甚至不乏下流之作。阅读这些诗可以帮助我们更好地了解和研究努奥洛的民风与民族性格。——原注

上帝啊，圣母啊，请赐我如花美貌，
让我在人们的注视下走向幸福。
他们这个送我一袋大麦，
那个又会为我摘下星辰。

上帝啊，圣母啊，请赐我如花美貌，
他们每人的身上都长了虱子。
你跟那个人窃窃私语着什么，
还要边走边拿衣领遮着嘴巴？

三月里来青蛙叫，
李子树上花儿闹。
说坏话的人请等着，
糟糕的事情马上到。

我的园中开了两朵鲜花，
一朵如雪白一朵像彩霞；
要是我摘了那朵小的吧，
大的那朵定会朝我把气撒。

美丽的姑娘，送我朵玫瑰花吧，
就要你胸前染了颜色的这朵吧。
若你对花儿毫无情意，
我要其他的东西，你会给吗？

人们都说，

泉水无味。
你若爱我，
请对我说。

人们成群结队要去参加化装舞会，
他们盘算着从邻近的圣彼得村出发。
家中的孩子交由不去的人们照管，
可要去舞会的人们还没梳好头发呢。

丈夫与妻子，
是脚与脚。
妻子与丈夫，
是肉串与肉串。

鸟儿能回来多亏有我啊，
是我将你从死亡边缘救回来的。
你不记得那一天，
正是我目睹了你和雄鹰的打斗吗？

春天的鸟儿，
诞生在玫瑰丛中。
劳你对那恼人的玫瑰说说，
能否不要再用刺来扎我。

我的美，我知道，
妈妈一直这样告诉我。
我像一朵镀金的百合，

又仿佛夜空里的星辰。

小巢中的鸽子
睡觉时受了伤，
它醒来，它叫喊：
到底是谁把我伤？

坚硬的心儿你快乐点，
地狱里面有鳟鱼呢。
死去的善人们
还都在黑暗中。

你怀孕了与我何干？
这是你自己造成的。
有哪个傻子
看见园里的葡萄会不摘？

月亮刚刚爬上枝头，
狡猾的狐狸就出动。
那些有漂亮老婆的人啊，
这时可要好好留意呀。

山上种有苦栎树，
它们让老爷们发了财。
拿着羽毛笔的文化人也犯错，
倒不如一个卑微的小领唱了。

唱吧，唱吧，你这乌鸦，
站在废墟之中还真像样。
若要让我不渴望女人，
你也别想有黑色的瞳仁。

也有下列的版本：

如果她既不年轻也不漂亮，
如果他们告诉我还有人头上有角[①]，
那就意味着我还会有一些同伴。
我拥有过的最美的兽角，
不是山羊的也不是小鹿的，它是我的妻子送给我的。

老乡瓦伦迪诺的女儿
小鹿一样地蹦蹦跳跳，
有天我在路上见她独自一人，
就请她临时改变了回家的路线。

圣酒瓶上有个破口，
里面的葡萄酒又黑又臭。
到底是谁买了这个，
一个破瓶沾满油垢？

你要的弥撒被保卫着，
围着铁栏还有束带；

① 意大利语中，“头上有角”含有妻子红杏出墙、丈夫被戴绿帽子的含义。

还记得那天在洗衣房，大家摸遍了你的身体，
你将你的心给了大家。[1]

旋转，起舞，
鞋子，坏了。
为你做鞋的师傅，
等你拿着坏鞋去找他呢。[2]

他拿着根大棍子，
好像一个大力士。
脱掉身上衣服的他，
就像手中那根大棍子。

种葡萄的人拥有葡萄园，
却有人在里面遛马嬉戏。
如果他们让你对天发誓，
你就说你的栅栏最坚固。[3]

萨尔瓦多舅舅的白马被剪了毛，[4]
她的女儿一去不复返。
这天夜里有人遇到了她，
说她和位军官走远不见了。

---

① 严格来说，这并不算是一首四行诗。——原注
② 这首四言诗中提到的是撒丁岛的特色舞蹈。——原注
③ 这则四言诗的主人公是一位丈夫，意思则不言而喻。——原注
④ 有关剪毛的习俗请参见本书《其他风俗》一节。——原注

老乡萨尔瓦多的女儿
将手伸进我的外套里，
她说这样能够使她平静，
我们可没有做错什么事情。

我亲爱的朋友，
为何装作自己已有新欢？
你曾无情将我抛弃，
这只是你的谎言和小计。

你的请求，他们不理，
因此满心羞愧的你，
做出那些糟糕的行为，
却让你看起来更加地幼稚。

卡特琳娜，卡特琳娜，
快帮我拔掉这根刺。
它直插在我的心里，
卡特琳娜的一丝金发。

饥饿是个坏东西，
它使人遭受屈辱，
它让聪明变成愚蠢，
它将美丽变得暗淡。

我去找个疯婆子做爱，
进门时她妈妈看见我，

表现得趾高又气昂，
她在嘲笑我，而不是嘲笑她的姑娘。

赶紧找个老婆吧你这疯子，
我说的话你从来不听，
若你把脚固定在绳上，
你就知道还剩多少好的时光。

你是真疯了还是真有货？
是甜瓜还是南瓜？
曾经你是我的朋友，
现在你对我一文不值。

多么帅气的小伙子！
街上走着的他，
手上戴着戒指，
腰中系着钱袋①。

他们总把家里弄脏，
天天都要妈妈打扫；
若有一天没有这样，
那就更得小心才好。

露切塔一直那么清高，
我们住得其实不远，

---

① 努奥洛的男人习惯将皮质的钱袋和腰带一起绑在腰间。——原注

若你有天爱上了她，
她肯定将你狠狠推开。

我家隔壁住着
一个恶毒的妇人，
忏悔者对她说道：
“永远都不会宽恕你！”

你这跟所有人都发生过关系的狐狸精，
如此不洁的你却丝毫不会介意，
你的脸就像那烂掉的苹果，
上面的绿毛任你怎样也洗不掉。

奥鲁内的人都不是好东西，
努奥洛的人就会好很多。
在圣玛丽亚的教堂里，
他们送我们一头驴子。

奥鲁内①位于山之上，
面朝大海，
这里的人们举世无双，
没人能比他们更无耻了。

圣人们纷纷从奥鲁内逃离，
只因他们见识了可怕的除夕，

① 奥鲁内（Orune）：撒丁岛的一个市镇。

其中两位正撞见奥鲁内的男爵，
正和一头白色花牛打得不可开交。

人老了，可是不妙，
别人对待他如对待破衣服一般。
我的妻子正是如此，
她要我像服侍主人般伺候她。

这些柴火多少钱？
五个钱，我的夫人。
四个钱你卖不卖？
不卖我可就走了。

女人们不愿喝葡萄酒，
她们嫌喝酒需要花钱，
但她们却偷买栗子、杏儿和小黄梨，
总之她们不愿意喝酒。

童谣与摇篮曲

奥列娜村的人，
他们的裤子总是短，
他们的衣服也不长，
他们都是遭教会驱逐的人。

卡利亚里的黑胡椒，
卖得可真贵。
白胡椒呢，
它可没有那么贵。①

黑色的眼睛
可以在帽子上穿孔，
蓝色的眼睛
可以在墙体上打洞。②

① 这句话背后的含义是，浅色皮肤没有棕色皮肤受欢迎。——原注

② 这首曲子的大意是说，贵族老爷们喜欢黑色眼眸的女子，而手工业者和泥瓦匠们则喜欢蓝色眼眸的女子。——原注

乖乖地让我给你梳个头，
金色的头发就像丝绸。
这是多么难得的福气。
就像圣女露琪亚[1]，
她往烤炉里加油，
一下子加了个够。
乖乖，让我给你梳个头，
梳一梳你那金色的头。[2]

玛丽埃塔，你听，你听！
那个爱你的小伙子，
他在城里开了厂子，
生产些亮闪闪的宝石。
纯净而又清澈的甘泉，
从岩石的缝隙中淌过。
在你温暖的闺房中，
月亮正在翩翩地舞蹈。
玛丽埃塔，你听，你听！

将水赐给我们吧，亲爱的主！
我们真的需要水，
那些羊儿要喝水，
我们同样需要面包。

---

① 圣女露琪亚：意大利西西里岛圣女，公元 304 年殉道。天主教会规定每年 12 月 13 日为其瞻礼日。
② 为了让梳头时的孩子安静下来，人们会哼唱这首甜美的童谣。——原注

我们的圣母啊，
请别对我们那样严厉。
将水赐给我们吧，亲爱的主！[①]

下雨咯，下雨咯，
雨点儿是熟透了的小葡萄，
雨点儿是送给朋友的无花果。
全部送给我的朋友，
送给马泰，
送给尼克，
大家一起来转风车。[②]

太阳啊太阳，
你在圣主的光辉之下，
你在耶稣的光环之下，
圣方济各[③]的缎带笼罩着你，
火石上的圣纱披在你身上。
这个男孩儿要了我，
这个男孩儿二十五岁。

---

① 努奥洛地区几乎年年都会遭受干旱的侵袭。在旱季，努奥洛的孩子们会成群结队地举着甘蔗绑成的十字架和手绢扎成的旗帜，他们走街串巷并高声重复着这首民间祈祷。——原注

② 夏季下雨时，努奥洛的孩子们都会欢唱这首儿歌。——原注

③ 圣方济各：天主教托钵修会方济各会创始人。他出生在意大利阿西西，倡导观察自然，试图从科学的意义上探究人生。曾因苦思冥想耶稣受难时的痛苦而获得感召，在双手双脚和肋下出现伤痕。死后被尊为“天使圣徒”。天主教会规定每年 10 月 4 日为其瞻礼日。

圣人巴西里奥[①]拿着衣服，
圣人安东尼[②]捧着金栗子壳，
七颗啊七颗。
乔瓦尼安东尼碰到了她的胸脯，
于是就慢慢地爱上了她。

永别了，永别了！
谁等我，我就嫁给谁。
新郎官吻了我，
猜猜他会给我什么？
他会给我一枚金戒指。
戒指里有什么？
戒指里有黑色的树莓。
树莓里有什么？
树莓里有个小小的金杯。
杯子里有什么？
杯子里有个胆小鬼。
胆小鬼拿着什么？
胆小鬼拿着一个圆筐子。
筐子里有什么？
筐子里有个苹果。
苹果里有什么？
苹果里有封来信。

---

① 圣巴西里奥(330—379)：小亚细亚人，希腊教父。每年1月14日或1月2日为其瞻礼日。

② 圣安东尼(1195—1231)：方济各会会士、圣师，出生于意大利帕多瓦。天主教会规定每年6月13日为其瞻礼日。

信上写了什么？
写着他是一名牧师。

哦，我的心肝小宝贝，
如果你来，我们就去
葡萄园里摘葡萄。
每个人都想嫁出去，
可她们又不付出行动。
我曾经看见：
三个海边的渔民
去到鱼塘里打鱼，
三棵真正的棕榈树
和一座关着门的菜园，
还有三位工匠在那菜园里面。
为圣罗莎①建造一座教堂，
三个好友正为了一个女人
相互斗着气，
圣殿前的三位牧师
在做着弥撒。
一棵树上三条枝桠，
上面结了三个苹果，
有人偷偷地塞给我。
三支小溪一股喷泉，
汇流而成一条小河。

① 圣罗莎(1586—1617)：南美洲秘鲁圣女，热心修德。天主教会规定每年 8 月 23 日为其瞻礼日。

三只小鹿一只狍子，
无尽地相互追赶着。
塔上有三门大炮，
我在其它地方也曾见到。
我的心肝小宝贝，
我的亲亲小宝贝，
我整日整夜地爱着你啊！
你与我成婚之时，
鸾鸟为我们唱起歌。
当太阳升起之时，
赛阿教堂[①]光辉万丈。
我爱着你，等待着某天能进入你家，
你会发现葡萄树在一月时就已开花。

当你看见
养猪场里
人们正在准备美味的奶酪，
当你看见，
卡利亚里海边的小道，
那时你就准备好戒指
和我结婚吧！
当你看见
国王从莱昂山上走过；
当你听见，

① 赛阿教堂(Sea)：卡利亚里市的主教堂。努奥洛人认为赛阿教堂是一座神秘的教堂，据说太阳永远都找不到它的正面。——原注

那群山羊用土语相互交流着；
当鸟儿缓缓飞过
来为我们做媒；
当那神奇的苹果
变成青色的李子；
当广阔的海洋
变成玫瑰色的浴场；
当卑鄙的歌谣
被重新唱得高贵响亮，[①]
哦，我亲爱的，我的心肝！

哦，我的心肝小宝贝，
如果你来，我们就去
杏园里采杏子。
钟儿需要敲，
敲敲它会响。
羊羔的毛还没长好，
会和大羊的一起长。
你问我的葡萄园里有什么，
我会说有三只小鸟在唱歌。
你若来听它们的歌，
我会送你一只幼鸟。
若你等到明天再来，
我将再送你三只。

---

① 这里的“歌谣”指的是一首当地著名的低俗歌曲，这首歌曲收录在维多利奥·强教授编撰的《劳谷多罗方言歌谣》里，1889 年版，第 29 页。——原注

你就像那美丽的鸟儿，
对我来说魅力无限。
我会给你买披风，
我会为你买头巾，
我会带你去聚会，
我会为你牵着马。①
所有女人都向我献殷勤，
她们没人能够比得上你。
我的心肝，我的宝贝！
我的心肝，我的宝贝！
如果你来，我们就去
摘那还带着绒毛的果子。
我知道结婚的时候
会需要它。
我有了一个孩子，
这让我百般纠缠。
把我送你姐姐的那枚戒指
还给我吧，
就让我忘掉一切，
可我却难以忘怀。
海面的光辉多么壮观，
这都是上帝的恩赐，
也是我丈夫的福泽。
在远处的山丘之上，

---

① 在撒丁岛，男人习惯骑着马带女人参加聚会。如果男人牵马让女人骑马，就说明男人非常爱这个女人。——原注

我曾看见两轮月亮，
大的一轮小的一轮，
小的还在吸奶，
大的早已出嫁。
哦，我的心肝，我的宝贝！

既然今年的新酒我已品尝[①]，
我想送给妻子一台纺纱机，
妻子只喝精选过后的美酒，
泉眼冒出的清泉从不曾喝，
今年的新酒我已经品尝过。

我听过这样一则故事，
既是普鲁特叔叔的故事，
也是普鲁塔叔叔的故事，
这故事真乃千真万确。
我还听过这样的一支歌，
既是彼得·皮思特的歌，
也是彼得·弗拉卡的歌，
要是家里连根面条都不剩，
这日子可就真是没法过了。
我的确知道这样的一支歌，
曾有这样两个人，
一个穿着羊毛袜，
一个穿着水手服。

① 在努奥洛，每年的新酒会在圣·安德烈节（11月30日）这一天被人们品尝。——原注

我们把故事都说完好吗[1]?

安东尼啊安东尼,
马儿马儿要死啦,
赶快上前救救它,
带它喝水喝个饱,
海里的水,
井里的水,
安东尼是个宝啊。

走呀走呀走不了,
到底是谁不动弹?
原来那人是爸爸。
爸爸手里拿着啥?
他的手里有大勺。
勺子里面又有啥?
别说话呀别说话,
勺子空空朝你笑。[2]

不在天上,不在地上,
那你到底在哪里?
我会走进你身体,
点上一支蜡烛,

① 这时候听众如果回答"好",说故事的人就会再从头讲起。如果有谁不太擅长说故事的话,他就会对着那些青少年讲起这则童谣。——原注
② 小孩子哭闹时,大人们就会哼着这首曲子安慰孩子,逗他们笑。——原注

抽出一把利刃，
割掉你的肉，向狗丢去。

月亮啊月亮，
圆圆的月亮，
西班牙的月亮。
一百个泉眼，
又一枚戒指。
这块亚麻布
要花多少钱？
这件束身衣
要花多少钱？
一盘面，
又或一碗饭。
玛丽摔进了喷泉，
彼得跌进了泥塘，
美丽的妻子，戴绿帽的丈夫。

或者下面这个版本：

给我一碗饭吧，
我的爱人在你们那里，
我还为你们叠好了床铺。
你们虽有误解的权利，
看在我已做好的饭菜面上，
甩掉鼻涕。

哦，我的心肝，我的宝贝啊[1]，
我即将离开，
这是我的遗愿：
八枚银币[2]给修道院，
七枚银币给圣母教堂，
余下的三枚将陪伴我。
在每座神坛前投下半枚，
一枚半再给格纳莱教堂，
我曾许诺要为她增添香火。
用银盘子和绸带
装点壁龛，
我还要给圣方济各教堂
十件银质礼物，
以弥补我至今尚未兑现的诺言。
哦，守候在我身边的人们，
在我离开前，
在我下葬前，
请真心为我流泪吧。
一朵玫瑰即将凋谢，
你们看不到我出嫁的那天，
看不到我儿孙满堂的日子。
我这个短命的妙龄女子，
我这个福薄的年轻姑娘。
你们若见到我母亲蒙受上帝恩赐，

---

① 这首曲子是年轻女子死前的遗愿。修道院和圣母教堂都是努奥洛市里的教堂，格纳莱(Gonare)教堂和圣方济各教堂是乡下的教堂，距离努奥洛有一段距离。——原注
② 意大利的五里拉银币，一直被用到第二次世界大战结束。

你们若见到我情郎过得平静安详，
请在我的墓前放上一块手帕，
请在我的墓前放上一束鲜花，
只要六七朵就可以了。
姑娘们，这件事就有劳了，
帮我取下这串项链，
将它献给圣母玛利亚。
我生时未曾遭罪，
死也不会痛苦，
耶稣没有召唤他人，
以上就是我的遗愿。

太阳啊太阳，
你在圣主的光辉之下，
你在耶稣的光环之下，
圣方济各的缎带笼罩着你，
火石之上的圣纱披在你身上，
圣女露琪亚治愈了我的眼睛。

杨梅成熟时节，
正是应该娶妻。
娶妻要有粮食，
你可预备得起。
自己造孽自己承担，
见鬼去吧，造物主们！
看着我已饥渴难忍，
你也不愿给我水喝，

那么不如下次找你，
要点美酒外加星辰。
我可没说你不美，
我也没说你很丑，
无法掩饰的显而易见，
显而易见的掩饰不了。
你的容颜却已被出卖，
谁叫你不肯给我水喝。

金色的鸽子，
你若没有母亲，
就请做我的守护者吧。
我虔诚祈祷！
他们让你嫁给一个犹太人，
却不愿让你开口说话。
金色的鸽子，
你已飞走一个小时了，
请你快回来，
给我一个信号吧。
他们都争着爱抚你，
却不愿让你开口说话。
金色的鸽子，
你已飞走一个小时了。

我的心灵是一朵迷人的玫瑰，
他人却在背后对我议论纷纷。
所有的兄弟和上帝的仆人，

都在追求那朵娇嫩的玫瑰。
现在的我要默默静观其变，
直到那真心对我的人出现。

昨天晚上，
月亮突然向我展露笑颜，
当我正走在离乡远去的路上。
它的美丽妙不可言，
犹如鲜血与白雪交融的呈现。
我将这样的月亮说给伙伴，
他说今晚的月亮一定变脸。
当我又见月亮的那一瞬间，
哦，我的上帝，我再不能对这尘世了无留恋！
昨天晚上，
月亮突然向我展露笑颜。

石头下面是太阳升起的地方，
石头下面
太阳露出笑脸。
我对舅舅说，
他已将继女儿许配给我。
我的猎枪已然放好，
这样一来我将体面地走出门，
因为我的梦想是做一名猎人。

春日里的一天，
我见到嘉思达节的狂欢。

萨尔瓦多在那儿，
赛巴蒂安在那儿，
我们喝酒我们跳舞，
一切融洽温暖。
就在那里你看见了她，
就在那里你看见了她，
那个女孩儿倒下了，
那个女孩儿受伤了。
就在那个春天
我去了嘉思达节狂欢。

小宝贝
没穿衣服，
也没遮盖。
寒风瑟瑟，
从不喊冷。
快睡吧宝贝，
我会为你唱这首摇篮曲。[①]

安东内洛，安东内洛，
快去将钟儿敲响，
使劲敲，使劲敲，
让奥奇耶里[②]的公爵们都能听到。

---

① 这是努奥洛地区的一首摇篮曲。圣诞之夜，长辈们会给孩子哼唱这首曲子。曲中不穿衣服都不觉寒冷的孩子是小耶稣。根据记载，耶稣年幼时就算在冬日里赤身裸体，也从不抱怨天气寒冷。——原注

② 奥奇耶里（Ozieri）：意大利撒丁岛萨萨里省的一个市镇。

神奇的苹果，
神奇的石榴，
你们要到哪里去？
要被献给圣女凯瑟琳①，
一睹那圣母的芳容，
见识那尊贵的身体。
圣果上面盖绒布，
还有几片树叶子，
在我手中它将腐烂，
我这杀猪的双手中。
丈夫依旧不讲理，
白天他想要月亮，
夜晚他想要星辰，
于是他偷，于是他抢。
而我并不想这样，
因为我怕被狗咬，
那咬人的狗
就拴在杨梅树上。
被剪了枝的杨梅树，
布谷鸟在树上歌唱，
小蜗牛也在上面高歌。
快快将你的门儿打开吧，
一会儿他回来你再关上。

① 圣女凯瑟琳（1347—1380）：意大利锡耶纳人，女圣师，有著作。天主教会规定每年4月29日为其瞻礼日。

美人啊美人，
应该把你放在玻璃盒子中，
让太阳也晒不伤你，
让露水也打不坏你。
若你遇见有老婆的男人，
可得想法儿离他远远的，
为你未来的丈夫着想吧，
不然你父亲会要你的命。
美人啊美人，
真应该把你放在玻璃盒子里。

哦，我亲爱的朋友，
管你是不是寡妇，
咱们快去跳舞吧。
你看大伙儿都在那儿，
男男女女齐聚在一起，
都在等待着我俩。
如果现在你不走，
回家我会不高兴。
如果说走你就走，
我会对你很顺从。
你就好好放松吧，
能喝几杯喝几杯。
这里的女人们呀

她们都爱喝咖啡，①
甚至我们国王
还要对此征税，
还在半梦半醒间，
就冲泡了千百回。
再来加点牛奶，
再来换种冲法，
可以就着吃药，
可以用来熬汤。
她们的第一个愿望，
就在咖啡馆里许下，
这时想要排队，
完全不可能啊。
丈夫回到家时，
晚饭别找我吃，
我正满面红光，
喝足一天咖啡。
好个醉气熏天！

哎呀呀，
哎呀呀，
洛洛伊，
死掉啦。
到底是谁，

① 这首民谣来自阿里特佐(Aritzo)地区，它的原作是一首优美动听的诗歌，随着岁月的变迁和人们的误传，变成了如今这个模样。它有些模棱两可，却又带有明显的偏见，可以看作是对努奥洛女人过度饮用咖啡的挖苦。——原注

将他折磨？
除了他爹，
还能是谁？
他留下了什么东西？
他留下头无角的牛。
还有什么其他的吗？
一只口袋千疮百孔。
口袋里面有什么？
口袋里面有只鸡。
鸡肚里面有什么？
鸡肚里面有树莓。
树莓里面有什么？
树莓里面有金锭。
金锭里面有什么？
金锭里面有二十九把小刀。
二十九把小刀里面有什么？
二十九把小刀里面有那头牛的角。
牛角里面有什么？
牛角里面有母鸡。
母鸡肚里有什么？
母鸡肚里有神奇的果子。
果子里面又有什么？
果子里呀，是一小截香肠。

当月亮爬上枝头，
美人啊，
请出现在你的窗口，

你是那么美丽又温柔！
牧羊女啊，
你的情郎已被俘获。
你的额头，
你的面庞，
你的金发，
多么优雅，
令人难忘！
那个夜晚，
那次休憩，
让我终生，
挂肚牵肠。

咒　语

咒语应该算是努奥洛最富当地特色并且最为重要的迷信形式了。撒丁岛上其他地方的人们又称呼咒语为“那些话”。曾有位研究撒丁岛民俗的学者发表过这样一个观点，他认为撒丁岛的咒语或说“那些话”是无法为人们所理解的。

其实，若要理解努奥洛的咒语也并非完全不可能，不过确实很有困难。我们也是历经千辛万苦才最终寻到了下文中将要介绍的这些例子。

我个人认为，将努奥洛的咒语公之于众，让它为人知晓确有必要。在我的成长过程中可以说一直都有这些咒语相伴。每每听别人讲述着它们，以致后来我渐渐地对这些咒语产生了独特的感受。在我那艰苦地搜集例子的过程中，虽也曾一度徒劳而返，却曾真切地感受到所谓“神秘”力量的现实存在。越是接近它们，我也就越发对这些咒语感兴趣。此间我甚至有过对于它们的期待，我曾认为，这些所谓的巫术与宗教上一些邪恶的仪式有关，而并非那些虔诚的人说的那样，“懂巫术和施巫术的人都曾犯下过不可饶恕的罪行”。拨开表面层层的迷雾，在经过无数调查之后，我却感到非常失望，因为人们所认知的巫术通常是指医疗之法或某种超自然的祈求行为，尽管这种认识在大体上正确无误，但事实却绝非仅局限于人们目前的认识水平。努奥洛的巫术绝不是传说的那样辱没圣灵，这些巫术与魔鬼也并无关联。事实上却恰恰相反，它们都是些再寻常不过的传统仪式，真正是与德鲁伊教[①]的一些仪式一脉相承的。我们可以确定的是，努奥洛的巫术有着极其古老的历史，它们的历史比阿拉伯人和迦太基人更为久远，这就证明了撒丁岛人比这些在历史上赫赫有名的外来民族更早地掌握了运用民间仪式以保留自身传统的文化习俗。

随着时代的变迁，起初为人们口口相传的语言会发生衍变，但程式化的仪式以及其中所蕴含的信仰却能被完完整整地保留下来，丝毫无改。值得注意的是，大多数撒丁岛人对“巫术”的力量从不持疑，他们是巫术最最忠实的信徒。尽管他们中有人认为这些魔幻的仪式是足以令人下地狱的罪恶行为，但更多的撒丁岛人还是相信仪式是无比神圣的。

出于对耶稣的信仰，“画十字”这个动作被理所当然地引入到巫术之中，并成其核心灵魂所在。人们总说：心诚则灵。若有人对巫术的力量产生半点质疑，即便他在程式上多么谙熟也无济于事，心不诚是一点效果都没有的。

这是一种极具暗示性的神秘力量。想要达到理想的目标，人们必须以钢铁般的信念来武装自己，只有这样才能使自然屈从于人类的强烈愿望。

一个通晓巫术的人是极受尊敬的，他人也常因此对其敬而远之。有一点需要注意，不可以对年纪长于自己的人实施巫术，因为这样的巫术是毫无作用的。

努奥洛的巫术门类与数量浩若烟海，我们所找到并确切掌握

---

① 德鲁伊宗教敬拜自然，将橡树视作至高神祇的象征。

的巫术只算得凤毛麟角，下面逐一进行介绍。

最重要的巫术门类是消灭害虫的巫术，也就是通过实施巫术帮助家畜摆脱虫害的困扰。

这类巫术的适用范围相当广泛，如清理花草树木上的毛毛虫、臭虫、蛀虫、蚂蚁等各种虫害，均能奏效。此外，那些能对种植、园艺、家具、房屋或家畜造成损害的害虫都有专门的巫术给予清除。

这些巫术对于身怀六甲的女人有个副作用：如果这些女人不慎误入施了咒语的房屋或田地里，她将不幸小产。

这个副作用同样作用于牲畜。因此，在通过此巫术清理牲畜身上的虫子前，务必要弄清楚它们是否已经怀孕。

类似的巫术都有可致妇女小产的副作用。与已有身孕的女人交恶时，会有人用这样的方式暗害对方。事实上，也有专门用于诅咒女子小产的咒语。

还有种巫术有着唯一并且非常特别的作用，那就是解开女人的裙子，使被诅咒者的裙子当众落下而出丑。

有的巫术可以让“偷”了麦子、种子或其它东西的蚂蚁原封不动地将“赃物”再还到麦屯里去。有的咒语则是引诱这些蚂蚁、臭虫、蛀虫等去“偷盗”或“破坏”别人家的谷物，以此来伤害自己的敌人。除此以外，有的巫术是和枪支弹药联系在一起的，比如施了巫术后枪就发射不了子弹了。还有的巫术专门针对飞行的猛禽如老鹰、鸢等，施了巫术后这些飞禽就叼不走小猪猡、小羊羔等动物幼仔了，它们再也干不成那绑架的勾当了。

至于狐狸野兔这些会破坏葡萄园的动物，也有专门的巫术来治它们。狐狸是重点严防的对象，有的巫术是专门防止狐狸偷蛋和偷小鸡小鸭的。

有的巫术是由小偷实施的。当小偷潜入他人住宅准备行窃时，他会念一种咒语，如此，房主的看门狗就不会对着他狂吠了。

较之撒丁岛其他地区的居民而言，努奥洛人似乎是最相信巫术力量的。人们会以“正经人”的说辞来增强自己观点的分量，因为“正经人”是不会骗人的。“正经人曾亲眼见证过这些巫术真实地创造过奇迹呢”，类似这样的说辞常被人拿来自辩。

我们说得已经够多了，在此不再赘述。

我们还得回到之前的话题上。我发现自己正处在一个尴尬难解的境地，这些咒语似乎并不只是单纯的迷信。从年少时起，我就开始接触这些巫术，并认为自己将来一定会深入地研究它们，毕竟，足够的阅历是我们充分理解其中内涵的必要保障。那些中伤民间传说的人们同样会对巫术的存在嗤之以鼻。但我们不禁要问：谁又能保证这里面没有一点儿最原始的科学呢？

牲畜们常遭受寄生虫的侵扰并因此染上皮肤疾病，这类疾病对于牛羊马和其它动物来说都是最可怕的。这个时候，笃信巫术神效的人就会举行如下仪式，口里念唱着下面的这些咒语。

施术者会先将便帽脱下，画个十字，而后念道：

“这里原有九只躯体，从九只减少到八只，从八只减少到七只，从七只减少到六只，从六只减少到五只，从五只减少到四只，从四只减少到三只，从三只减少到两只，从两只减少到一只，最后一只都没有啦。”

正如那人口里念的九只逐渐减少的躯体一样，这头牛（母牛、马等等）身上的害虫也会最终通通消失。

念咒语的时候，还需要特别指明牲畜皮毛的颜色和其他明显的体貌特征以及主人的姓名。[①]

在施这道咒语时，施术人要尽量保证自己是背朝荆棘丛的。念完咒语后，需再画个十字，并保持住背朝荆棘丛的姿势。然后用

---

① 这道仪式被称作“消除寄生虫”。——原注

背在身后的双手揪下一把树枝用力向后抛出，树枝抛得越远越好，整个过程中咒语的实施者应始终背对荆棘丛。

若找不到合适的荆棘丛或有带刺植物的矮灌木丛的话，人们也可以象征性地抛两把沙子作为整个仪式的结束。

还有如下另一种做法：

画完十字后，施咒者说：

“就像荆棘之花终将落去，恼人的小刺终将掉落一样，这牲畜身上的寄生虫也会通通消失。”

切记要将患病牲畜的皮毛颜色、体貌特征、虫害部位以及主人的姓名等必要信息明确地指出来。

咒语需要完完整整地念三遍才能奏效。而后，施咒者要从地上捧起一捂土并狠狠地扔在地上。

最后再画三次十字，这样整个仪式就全部结束了。

在努奥洛，尽管鸟类和一些有害的动物并不是虫类，但由于它们一样会偷吃葡萄、庄稼和其他水果，所以也被称作“害虫”。为了让这些人见人恨的“害虫”们远离葡萄园，人们会施用下面这个咒语：

“狂妄的狗东西啊，你可别惦记着我的宝贝！在这山丘之上，你就独自舞蹈吧，万万不可惦记我的东西（你不可糟践我的宝贝）。”

这道咒语也可以用来防止狐狸偷猪仔、羊羔和其他动物的幼仔。

要消灭那些吃粮食的真正臭虫和蛀虫，懂巫术的人会光着脚站在一桶水里。念咒语之前，他们会先画个十字，然后再满怀虔诚地说：

“盗窃者的罪行终将受到审判，得到报应，受到制裁。”

共念三遍，每一遍都需要画一次十字。

最后，同样需要指出想要清除的害虫的名称、所处位置以及屋主人的姓名。

人们会这样表述：

这是为了清除某某地方的某某家的某某害虫，如此等等。

这项仪式需要在能够看见月亮的地方进行。事实上，很多人在真正施咒的时候会这样说：

"盗窃者的罪行将会在这轮月亮消失之前受到审判，得到报应，受到制裁。"同样要加上患病牲畜的特征以及主人的名字，程式与之前提到的完全相同。这道咒语除了可用来消灭腐蚀粮食的蛀虫外，也可用来保护牲畜远离寄生虫的侵害。

然而，最最重要的咒语及仪式却是下面这个：

首先，取一把小刀并用右手拇指与中指捏住放在胸前；而后，双膝跪地，捏住小刀在胸前画十字；接着，用小刀随意割下一束花草，注意，不能用身体的任何其他部位帮助完成此动作；最后，边念着如下咒语边将割下的花草抛出：

"正如这花花草草注定飘落一样，这牲畜身上的寄生虫将在这轮神圣的月亮落下之前通通消失。"

咒语需重复三遍，每遍重复前都要画十字。需要特别说明的是，这个仪式只有在无月期间[1]才能奏效。

稻谷丰收的季节，蚂蚁会将收割好的麦子"偷搬"到自己的巢穴里，这会给农民们造成不小的损失。于是，我们要介绍的最后一道咒语出场了。整个仪式实施的过程与前文提及的一模一样，不过这里要特别加上一句：蚂蚁们要在月落之前将"偷盗"来的麦子通通还到相应的打谷场去。人们相信蚂蚁会听从月亮的旨意的。

---

① 指的是每月月底有四天看不见月亮。——原注

圣人文德[1]，
上帝之十字架将带回盗窃者，
上帝之十字架就在面前，
以圣父圣子圣灵之名义。

还有一则可以防止火药爆炸的咒语，是这样说的：它来自奥尔比亚[2]，我却并不在意它是否炫彩夺目。

① 圣人文德：生于意大利，被天主教会封为圣人与圣师，每年7月15日为其瞻礼日。
② 奥尔比亚(Olbia Terranova Pausania)：意大利撒丁岛奥尔比亚－坦皮奥省的一个城市。

民间迷信、信仰与医药(一)

努奥洛人以“圣马可之怒火”来称呼一种特殊的疾病,这种病会引起皮肤发疹的症状。但在实际生活中,人们也常把类似症状的皮肤病,如疥癣、疱疹等,同“圣马可之火”相混淆。发疹时,大家原说这是“圣马可的皮肤疹子”,但随着时间的推移,“圣马可的皮肤疹子”就被讹传为“圣马可之怒火”了。这种疾病几乎无法完全治愈,只能通过下面这种方法尽最大的努力给予治疗。

实施这个方法的第一步就是要先请来一位牛郎。这位牛郎不应仅是个负责放牛的人,他还必须是牛群唯一的所有者。接下来,需要这位牛郎使尽浑身气力去用石头撞击火镰,并使摩擦产生的火花落在病人的患病处,如此重复三次即可。在整个疗程中,无需念任何咒语或做祷告,也不必在胸前画十字,唯一重要的就是要做到完全专注与虔诚。

人们通常选用燧石作为敲击火镰的火石,偶尔也会使用红色的花岗岩石。努奥洛人将这整个治疗过程称作“战胜圣马可之怒火”。

努奥洛的牧民们常用长春花的叶子将新鲜或酵熟的奶酪包裹严实带回家,长春花的叶子在完成使命后会被抛到很远的地方,而且必须保证那里没有母鸡经过。如果在母鸡的活动范围内丢弃包裹过奶酪的长春花叶子的话，会引发非常糟糕的后果。母鸡对奶酪残渣的啄食会使作为奶源的母牛的乳头干裂开来。

因此，人们都尽量不浪费乳制品，更不允许将乳制品随意弃置，只有实在不能再食用的情况下才能丢掉，并且一定要丢弃得离牧民或乳制品加工地远远的，以免那些有灵气的牲畜会感到自己的奶被浪费了，继而忧愤成疾乃至死亡。

被狗咬伤时，人们会从那只咬人的狗身上取些毛发，烧成灰后敷在被咬的人的伤口上。据说这种土法相当有效，由此还成就了这样一句谚语：咬人的是狗，救人的也是狗。

被黄蜂蜇伤、遭毒虫叮咬或被轻微烫伤时，按惯例人们会把金币或其他任意金质物品拿来在伤口上放一会儿。只可惜，实践证明这法子一点效果都没有。

人们认为强烈的旋风是种凶兆，它预示着灾难即将来临，极有可能发生命案或难以阻挡的严重恶行。因此，当旋风狂作时，人们常说：这风肯定不是独自而来，它一定裹挟着罪恶。

每当月亮附近出现明亮的星星时，则预示着更大的灾难将降临努奥洛，极有可能是大规模的杀戮或天灾。

彗星划过天空同样被人们认为是灾祸的预兆；流星和日月食现象则代表了上帝的暴怒以及世界末日的来临。相比上述的气候和天体现象，雷鸣与闪电则更为常见，同样会带给人们很多恐惧。努奥洛人坚信，雷电也是上帝暴怒的证据。在电闪雷鸣、风雨交加之时，努奥洛虔诚的信徒们会手执《玫瑰经》不停诵读，并向房顶扔掷一些福饼，他们的这些做法是有其系统而程式化的仪式的，关于这一点我们会在其他章节里再展开介绍。

人们相信是魔鬼扰乱了自然的平衡，因此他们会采取很多驱魔的办法，这些我们也会再另作介绍。

在一间屋里点燃三根蜡烛是种不吉利的做法，因为三根蜡烛形成的三角形正象征着神甫出行时戴的三角帽，而神甫只有在为病人祈福或为死者扶灵时才佩戴这种三角帽子。

在餐厅就餐时，将两把餐刀相交地摆放在桌上也是种不吉利的做法。事实上，餐刀与任何餐具交叉摆放都被认为是不吉利的。

如果厨房里的油少了就表示近期可能要有坏事发生；相反，如果葡萄酒少了，则预示着这家即将迎来富裕和幸福。人们会在葡萄酒渍上撒些盐，因为盐可以褪去酒渍。

夜间，若有猫头鹰或鸱鸮这类飞禽在房顶上不住啼叫，这房的主人就有可能染上大病，甚至不久于世；若是恰逢房子里正住着一位病人的话，鸱鸮的啼叫便是那重病之人提前的丧歌，死亡将无可避免地如期而至。

冬日的降雪预示着下一年的丰收，若不幸赶上今年冬天的雨雪不足，第二年的收成便无法保证了。

雾气浓重的夜里，月晕的出现预示着坏天气的到来。除此之外，努奥洛地区还有一个关于天气的特殊迷信。努奥洛附近村庄的锁匠们会到努奥洛做点小生意，兜售自己锻造的锅啊铲啊什么的，同时也换得一些用过的废旧铁器。“铁匠，过来吧。”“好的，老爷。”当看到铁匠们出现在努奥洛，并听到上述对话时，人们就认准坏天气要来了。每每听到铁匠喊“旧锅换新锅咯”，人们就会立刻应上一句“天气要变坏咯”。

水汽不再循循上升反而低低盘旋着散开，又或雾气紧贴地面，再或火苗久久不息并伴有缕缕黑烟，这些现象也都是坏天气的预兆。

火红的太阳告诉人们炎热即将来临或者马上要发生一场令人心惊的火灾；太阳落山之际，如果西方天空一片清澄，第二天就一定是个好天气。

红色晕染的天空则表示第二天必然狂风乱作。

努奥洛的农牧民们严格遵守着自然的规律。他们在田间山地的劳作，都依据着太阳和星辰的运行。他们还能够根据日月星辰的走向准确地判断出时间，几乎可以达到确切无误的水准。

尽管这些农牧民没有接受过任何系统的天文知识的教育，分辨不出那些星座、星系，但他们仍能很好地判断出气候的变化。

望到月亮被云层遮住时，大家会说“月亮吃晚饭去了”。人们相信月亮正在大快朵颐，她兴许吃了十二头母牛，喝了十二碗浓汤和好几升的葡萄酒。

关于银河，有这样一个古老的传说：

一个努奥洛人和一个奥鲁内人成为了好朋友。这个奥鲁内人缺乏基本的素质与涵养，背弃了自己的誓言，偷走了努奥洛人的一车麦草。在回奥鲁内的路上，麦草从口袋里散落下来，七零八落地撒了一路，而这个奥鲁内人丝毫没有发觉。遗落的麦草不仅在地上留下了奥鲁内人偷盗的证据，也在空中划下了一道难以抹去的痕迹——银河。星空中的银河正是不诚实的奥鲁内人所偷的稻草在路上散落的痕迹。

年轻人若发现自己长了白头发，那可一根都不能拔，因为人们相信，拔掉一根白发，就会再长出七根。

没有一个努奥洛人会在周五这天梳头，人们认为周五是个不吉利的日子，这一天所做的一切事情都成不了，甚至会招致灾祸。努奥洛的女人也从不将梳子上的头发随意丢弃，她们害怕有不怀好意的人会将这些落发捡了去，而后用它们对自己施以害人的巫术。

看到有人正在梳头，我们想走过去赞美他的头发时，需要用手抚摸着那人的头发说：“上帝在看着呢。”若非如此则会招致厄运。

钟声[1]响起时，如果有人正斜着眼睛看别人，那么这个人一辈子都会是“斜眼儿”。“斜眼儿”是努奥洛最受人歧视的身体残疾，几乎没有比这更糟糕的了。

治疗角膜白斑时，努奥洛人会这么做：取一些芸香在嘴里嚼碎，然后对着病人患病的眼睛轻轻吹气，需要吹很多次，直到白斑浮起并在角膜上散开才停下来。还有另外一种办法可以治疗角膜白斑：第一个看见别人患有角膜白斑的人，要将自己食指的指尖扎破，然后向患眼内滴入一滴鲜血以治疗。（具体详见贝洛里尼[2]《努奥洛的民间情歌集》一书，贝加莫，1893 年出版。）

努奥洛人认为毛发浓重的人浑身是胆，很有勇气。

如果一个女孩子的嘴唇周围有细细的毛发痕迹，这大概是因为她和一个有胡子的男人接吻过，接吻时男人的胡子扎到了姑娘。

对于男人而言，最不可容忍的侮辱就是被人拉胡子。去拉一个男人的胡子，这“爱抚”无疑是在告诉他，他的老婆背叛了他。

很多努奥洛女人喜欢用煮过面条的水洗澡，她们相信这样的水能够使自己的肌肤光滑细嫩。

五月的雨水是努奥洛人的宝贝，当它落在人们的面庞上，会使人更加美丽动人！

女人发现自己的衬衫纽扣无故松开了一个时，便知道那时正有个男人热切地渴望得到她。

要是我们感到轻微的耳鸣，说明有些人正在背地里议论着我们。假若耳鸣只发生在右耳，人们会说：

“右耳啊右耳，谁把我缝起来了？谁又把我裁开了？看来大家

① 教堂钟声通常用来召唤信徒来做礼拜，召唤居民集会，或是为教会的游行伴奏。在信徒心中，教堂钟声有法术的功能，可以赶鬼祛病，逐走自然灾害。

② 贝洛里尼(Egidio Bellorini)：出生年月不详，1893 年身为努奥洛高中文学教师的他出版了《努奥洛的民间情歌集》一书。

都在说我的坏话啊。”

如果是左耳感到耳鸣，大家又说：

“左耳啊左耳，谁在鄙视我？谁又在夸赞我？”

手指甲盖儿上的白色斑点被看作是白日里所说的谎言，不仅如此，之前所说的谎言也都会被积累在手上。

双手的掌纹同时出现 M 形状时意味着“死期将至”。如果掌心的那条掌纹线一直延伸到手掌根部，预示着这个人的寿命会很长；反之，掌纹线很短时，此人的寿命也就会短。除此之外，为了知道自己寿命的长短，人们还会努力地皱起额头，出现多少条皱纹便表示还有多少个五年可以活。

努奥洛人认为，说话时无法直视对方眼睛的人是坏人，因为他的灵魂是不忠诚的。

圣诞夜出生的人一辈子都不会骨折或遭遇肢体上的损伤，直到死亡降临之前，这些“幸运儿”都可以拥有完整无缺的躯体。

两个同时打哈欠的人应该是恰巧在同时想着同样的事情。

很多人打完哈欠后会用舌头在口中画个小小的十字，这样可以防止恶魔趁人张口时利用那小小的间隙侵入到自己体内。

努奥洛的姑娘会被突然出现在她手腕上的跳蚤吓一大跳，不过下一秒她就会心花怒放，因为这预示着在不久的将来就会有媒婆找上门来为她说亲。那只跳蚤越肥大说明她未来的丈夫越有钱，媒婆与跳骚都是这桩姻缘里重要的角色。于是就有了这样的说法：

手腕上的肥跳蚤，
说姻缘的好媒婆。

努奥洛人和世界上其它地方的人一样都害怕数字“13”。

或许人们感受到了寡妇们的活跃激情和乐观向上，正如那束束不甘寂寞的火苗一样，否则努奥洛人怎么常把火花儿比喻成寡妇呢？

如果火焰中央出现了不协调的一抹亮光，并呈舌头状，那定是地狱的邪恶之舌正说着人间的坏话呢。

不做饭的时候，努奥洛人会将三角锅从灶上拿下来。尤其到了晚上，更不会将空锅放在灶上，他们怕恶魔会利用这个时间为自己烹制食物。

将三角锅从火上移开时，如果出现零星火苗，则预示着这家将会得到或失去一笔巨款；倘若火苗把整个锅都烧得通红时，准是坏天气要来了。

一个人在摔跤、灼伤或遇上其它麻烦后，才想起来原来早上起床前忘记躺在床上画十字了，于是他会将当天遇到的所有不幸都归怨于自己早上的疏忽。

画十字时是不能用左手的，因为那是在向恶魔祈祷。

如果丢了一件物品，失主定会立刻向圣人安东尼默默祈祷三次，这样一来遗失之物很快就能失而复得。

往面粉里加入酵母后人们习惯在面粉上画个十字，如此做出来的面包一定喷香可口。

一个人对事情欲言又止，明明想说又好似突然忘记，这就证明他要说的一定是个谎话。

家里的猫比平时更频繁仔细地清理毛发时，人们就在家中准备好迎接宾客或收受礼物吧。

家养的鸡最好不要超过七岁。母鸡若将七岁后产下的蛋孵化出来，孵出的可能是条小蛇，这条蛇乃是恶魔的化身。

每年的七月下旬，努奥洛的农牧民会特别注意自己的身体状况，因为那时恰逢对卡梅洛圣母持续九天的祷告。如果在祷告期间得了感冒或其它病，那么一整年都清爽不了，而且任何药物都无法医治好。七月下旬的这十五天里，天气极其炎热，人们把这熬人的酷暑称作“卡尔米内的骄阳”。

待到九月，成熟的无花果会在圣乔瓦尼日之夜全部消失。

猫咪是可以感受到家中有人离世的，它们上蹿下跳还不停呜呜地叫着，以此表达自己对于死者的哀念。

死者的遗体下葬后，躯体会随时间在墓中慢慢腐烂，其生前所穿衣服也会随之变轻。若想知道死者在墓中腐烂的程度，大可不必开棺查看，只需称一称其遗留下来的衣物便知了。

若灵魂在地狱中遭受着惩罚与折磨，生者的祈祷不仅对减轻灵魂的痛苦于事无补，反而会成为它受到更加严厉惩罚的累赘，为受谴责的灵魂祈祷只能使它的苦痛变本加厉。

有些穷凶极恶的灵魂就连地狱都将其拒之门外，它们也就只能在世间游荡了。游荡的魂灵会给他们的子孙带来无尽的灾祸。他们有时在自家田地间徘徊，有时甚至直接附体到活人身上并长久依附下去。这些被地狱拒绝的灵魂就是人们常说的“鬼”，努奥洛人怕鬼甚于怕恶魔。遇鬼这种事大多发生在夜晚，因为鬼多着鲜明的白衣，努奥洛人立刻就能反应过来。这时他们会在胸前画十字并高声呼喊：“如果你是好鬼，就会有好的归宿；如果你是坏鬼，那就只有坏归宿。”鬼魂听到这里，都会非常开心。大多数鬼魂是被开除教籍的人，而且很多情况下当事人甚至并不知情。努奥洛的神甫们认为努奥洛及其周边地方的人们无恶不作，不辨善恶，所以他们每天会从祈祷书的摘注里开除一些人的教籍，人们将神甫的这种行为称作“碰书”。

一个人无故遭了厄运或患上不知名的恶疾，或突然发疯却不明原因时，人们都会立刻想到这个人是否遭了“碰书”，大家猜测他身上的倒霉事或许是因神甫将其开除了教籍。至于神甫这么做的原因，有可能是出于自身的利益，也有可能被一些仇家收买了。

任何对于他人的诅咒如果发生在恰好的时间（通常是周五），恰好的钟点，以及恰好的条件下，就大大增加了应验的可能性，使被诅咒的人突遭横祸。

最最虔诚的仪式也是保证诅咒灵验的好办法：上身裸露，双膝跪地，并亲吻土地，当然还要有被诅咒者的头发才行。

梦见已逝的人表示做梦者需要虔诚地祈祷了，除此之外别无他法，为自己好好祈福的时候到了。

行善布施和救济穷人都是对身处炼狱中的灵魂的救赎，穷人们会在受到帮助时说道："都是为了那些苦难的灵魂啊。"

乌云密布的夜晚，月亮只蕴出了朦胧的微光，人们相信这淡黄色的光晕就是亡灵们的太阳。

举行婚礼的当日若恰逢乡里有男人死去，这预示着新婚夫妇中丈夫会比妻子更早离开人世；赶上乡里去世的是位女子，则妻子将早于丈夫离世。

刚刚降临世间的新生儿若肢体健全又极其可爱完美的话，村里的其他人却会说：好景不长。这并非诅咒，而是人们的担忧，人们害怕这个美丽的生命会早夭，因为他是那么完美无瑕。人们认为他是上帝的使者，属于天堂的他只是在这人世间做个短暂的停留而已。

人们认为巨大的绿头苍蝇是圣人安东尼的小鸟或小猪猡。这些绿头苍蝇为人所尊敬，人们相信它们会给自己带来吉祥。

看见双生的水果，即两个果子长在一起，也是好运将要到来的福兆。

周三和周五一样，也被认为是个不吉利的日子，有这样一句民间谚语作为证明："周三和周五，不出嫁来不出海。"每逢周五，人们不裁剪新衣，也不开始新的工作，因为在这天做任何事都不会有好结果。同样大家也尽量不会选择在周三这天举行婚礼。

努奥洛人认定，身上布满圆形斑点的公牛曾从地下的宝藏上走过，它身上的斑点就是钱币的象征。

如果一座宝藏被掩藏起来，且很久都不被人发现，看守宝藏的魔鬼在费尽心力以阻止宝藏重见天日后，就会将它们据为己有并带到地狱中享用去了。这时原本盛满宝物的容器里就只能剩下些灰尘、石子和一些黑炭了。

纸牌游戏是恶魔的游戏。

当人产生幻觉或感到心绪不宁时，那是恶魔在拿人开玩笑取乐呢。

努奥洛的人们还相信另一些邪恶之物的存在，例如吸血鬼和邪恶仙女。努奥洛人认为，吸血鬼和邪恶仙女均来自地狱，或许是由坏女人死后变化而来的。肉眼无法看到那些恶灵，而且这些恶灵只在夜间出没，它们通过门锁上的小洞进入房间，吸食熟睡者的血液，尤其喜欢小孩子的血。为了将这些可怕的家伙拒之门外，人们想方设法地把家里的小洞都堵上，不给它们任何闯入的机会。另一个阻止恶灵的办法是：在床头悬挂一把镰刀，恶灵看见镰刀后会停下来数刀身上的锯齿数，由于锯齿过多，他们不得不一遍遍地从头来过。就这样，时间慢慢过去，月亮落下太阳升起，黑夜过去白昼到来，熟睡的人们从梦乡中醒来，恶灵的威胁也就自然而然地解除了。

想要帮助一个打嗝不断的人停下来，人们会对他说个谎言。这个谎言不能被人揭穿，而且要让打嗝的人完全相信才行。这法子对治愈打嗝屡试不爽。

每年的 12 月 2 号是圣比比亚娜日。这天若能有个好天气，那么接下来的四十五天也都会阳光明媚，温度适宜；若赶上圣比比亚娜日那天的天气很糟糕，情况就正相反了。

对努奥洛人来说，不按时交纳牲畜税、草场税或其他与牲畜有关的费用是极其危险的。一旦因为拖欠费用而引发了争吵乃至官司，那些似乎通人性的牲畜们多半会因伤心忧虑而害病，至于它们是怎么感受到的，还没有说法可以解释。

谜　语

什么东西细长个？
什么东西像烟一样黑？
放在肩上
又像荆棘一样粗糙？
（绒绳）

你是吉依的彼得
那个著名的歌者，
你是那样地博学
连哲学知识也晓得，
那你说说什么鸟儿最近正在哺乳？
（蝙蝠）

有个法官他足不出户，
大门不迈来二门不出，
有天一只狼打他门前走过，
不料他大嘴一张就吞它进肚。
（蚕豆）

小小白盒子
好开难关上。

（鸡蛋）

下去时嘻嘻哈哈，
上来时哭哭啼啼。

（水井提水桶）

是绿色，不是草，
是红色，不是火，
是圆形，不是球。

（西瓜）

民间迷信、信仰与医药(二)

治疗黄疸病是件很复杂的事,着实令人头疼。人们认为凡是罹患这种看似无碍的黄疸病的患者都是惨遭他人施了巫术的。鸱鸮从患者头顶飞过时,也将厄运带给了他。由此还产生了这样一句常用的谚语:“有鸱鸮从你头上飞过。”遭受厄运的人会陆续出现健康方面的问题,他们整日捱着病痛的折磨,如果长期得不到妥善的治疗,甚至可能导致死亡。

民间的女医师可以“测量”出人们是否已经染上了黄疸病。首先她要准备一根由努奥洛本地羊毛在此纺成的毛线,而后用毛线测出病人由头至脚的高度,再让病人将双臂平伸于身体两侧,测量其左手中指尖到右手中指尖的距离。如果上述两个长度相等,病人便没有被施行过巫术,病情另有它因;若不幸正是由于巫术所致,病人从头到脚的高度是小于他双臂张开的宽度的,那段相当于病人高度的羊毛线大致会停在他右手中间指节的位置,距指尖越远,病人的病情就越严重。

治疗黄疸病的方法如下:女医师将刚刚测量患者高度的毛绳取一半,剪成短短的小段,然后向剪碎的毛绳中加入迷迭香、一块教堂用的长明蜡、两三块棕榈树皮,外加熏香和一撮白色鸱鸮鸟的羽毛。这些材料医师们一般早有准备，并会依照份额配好备用。缺少白色鸥鸮鸟的羽毛倒也无妨，可以用白色母鸡的软毛代替，但只有当情况紧急时才可以这么做。接着要取来一片瓦，将上述材料全部放入瓦片中用火灼烧，取来的瓦片也是专门用于治疗黄疸病的。待这些稀奇古怪的材料被灼出黑烟时，女医师会虔诚而专注地用瓦片在病患身上画一个十字。一个十字是远远不够的，从病人的颈部开始她还要用瓦片在其全身的八个部位上画十字，包括病患的颈子、肩膀、手肘、手腕、手掌，髋部、膝盖、脚踝和脚。每个部位只画一个十字且一次画三圈。十字全部画好后，女医师把瓦片放在地上开始大声向安康圣母诵读《圣母颂》，这是达到治疗效果的重要一步。女医师祈祷时要光着脚或穿着袜子从冒着烟的瓦片上跳过，跳过三次之后还要在圣火上将双脚烤热并在冒出的青烟中熏热双手，直到这里祈祷才算完结。

如果有位产妇在分娩时不幸死亡，一定还会有另外的六位女人遭到同样的厄运。人们相信这是月亮的影响。

人们还相信，月亮会在一段时间主宰男性，另一段时间主宰女性。月亮主宰男性的时段内新生的婴儿都会是男孩儿，主宰女性时诞生的都是女孩儿。

小溪流速比平日里湍急，预示着坏天气即将到来。

人们极力避免去数鸡，因为数鸡会给自己带来厄运。

怕痒的人嫉妒心重。

有一种水可以有压惊的奇效，做法是：往一杯水中投三次小十字架、圣海伦币、圣迪耶戈币或其它古老的圣物，投掷过程中需要说三声“圣父啊”。然后喝下这神奇的水就能立刻感受到其压惊的作用了。如果找不到古董钱币，往水里投入三块奶酪也是可以的，只要说出三声“圣父啊”即可。[①]

如果两人总能在同一处相遇，就说明他们相互关爱着对方，他们内在的灵感引导着他们去往同一个地方。

要是两人能在同一天内相遇三次，则预示两人中的一位会在一年内找到人生的另一半。

人们相信努奥洛的山上有些山洞是和地狱相连的，山洞里有珍宝、魔鬼，还有那不停编制金色包装的妇女……总之，人们通过智慧所能想象出来的神奇人物都在这些山洞里。胆敢闯入如此奥妙的山洞的人，一定会在一年内暴亡或突发瘟疫而死。

在圣周[②]期间，人们会往水井喷泉里轻轻点洒一些圣水，这样井水和泉水就能得到圣人的庇佑了，整个夏天都不会枯竭。

努奥洛人至今仍坚信，有些妇女能生出怪物和动物。曾有位妇女在几年前生下了一只形状很像青蛙的小东西，被她的邻居发现后从而成了邻里间口口相传的轶事。据说那小东西刚一降生就溜到床底下不见了，自此再没人看到过它。

每个家庭都有个“第十人”。“第十人”通常是指家庭成员中略微疯癫的那个人。努奥洛人将疯癫细分为三十二种不同的程度与症状，人们相信每个人多多少少都有这“三十二种”特质，只是种类和比例不同而已。这里提到的“第十人”就是一个家庭里最为疯癫与执念的人。

为表示鄙夷之意而伸出舌头是绝对不可饶恕的，因为这行为

---

① 用来制作“压惊水”的圣币或古董物件统一由努奥洛当地的一家人保管。这户人家的祖辈们获得了宝物，将其留给自己的子孙作为传家之物。这里提及的圣海伦币相当神奇，不仅可以制作“压惊水”，也可以用于治疗其它疾病且人畜两用。比如牛羊马等牲畜生了病，就将圣海伦币放在地上让牲畜从其上走过，牲畜的病便会自愈，身体也能恢复到健康的状态。——原注

② 指复活节前一周，是为了纪念耶稣受难前一周内的事迹。圣周期间每天都举行不同的纪念活动。

是对耶稣的大不敬。

梦。梦见无花果表示在不久的将来可能会挨打。

葡萄象征着泪水。

虱子象征着金钱。

牛羊肉象征着不幸。

魔法与妖术。人们总会将不幸与疾病归咎于某些魔法与妖术的施用。这些特殊的妖术与魔法在施法时需要一件物品以帮助完成,可在印度无花果叶、土豆或破布等类似物品中择其一作为辅助。一种施法方式是:取一片无花果叶或一颗土豆、一个软木塞,并在该物上插满树枝、针、玻璃等锋利之物。此外还可用破布扎一个布娃娃,然后将针扎进布娃娃身上或不停地摔打它乃至用刀割划。

尽管我们无从得知整个施法过程中究竟哪句话或哪个动作最为关键,但得承认,这些妖术似乎真的有效,这是努奥洛不能说的秘密。我们知道这些妖术基本是由一系列诅咒构成的。这或许是缘于人们念了所谓的"诅咒玫瑰经",也就是一系列诅咒式的恶意祈祷,每十句为一个诅咒,三三两两叠加起来自然要比单独的一个诅咒厉害得多。一种说法是需使用《玫瑰经》,还有的说仅仅需要足够的恶意就能让妖术奏效了。

还需注意的是,必须让被咒者从被施了咒的物体上跨过或打它下面走过,整个妖术才能算是真正完成。因此施咒人会想方设法将施了符咒的物品放在受诅咒者的家门口或将其扔到他家的房顶上。随着被施了咒的物品逐渐腐烂,遭诅咒者的身体也在日益萎靡,这正是扎在无花果或土豆上的针、树枝等物发挥作用的结果,它们日夜折磨着被诅咒的人令他生不如死。当然,我们这里所说的是精神上的折磨,它能使人的心中惶惶不安,对此就连最富经验的老医生也无能为力。

还有些其它的魔法与妖术同样能够使人丧失心智，厄运连连。它们还可能让人骤得怪病，如突然胃口全无，茶饭不思，夜不能寐等，甚至在一阵突如其来的狂躁偏执中犯下错误。妖术大多缘于每日在本上摘录的圣书上的诅咒或从神甫那得知的诅咒。有时也可以利用一些东西使鬼魂直接附身在自己所恨的人身上。

神甫们掌管着祈祷书，所以在努奥洛人民的心目中他是无所不知、无所不能的。可总有些神甫，会因私人恩怨随意动用祈祷书的力量以迫害他人。那些出卖灵魂的神甫，他们的身心也被腐蚀了，去世之后其躯体将立刻为魔鬼占有，怪只怪他们将自己交予魔鬼做了奴隶。事实上，每位神甫都拥有大批魔鬼等候其差遣，对于神甫的力量努奥洛人深信不疑，这方面的故事多如牛毛，在此我们仅举一例。多年前，努奥洛有位名叫弗洛里斯的教堂牧师，他博学又正直，掌管着整个努奥洛地区的祈祷书，拥有一支为数众多的魔鬼军团。弗洛里斯牧师不愿他的这支魔鬼军团整日无所事事，更担心它们会为非作歹，于是他将它们差遣到遥远的“黄金之海”掘金去。也正因为此，弗洛里斯牧师去世时，他的子孙能够继承为数颇丰的金币遗产。如今，这份巨额遗产的大部分已归入牧师最宠爱的一个孙子手中，他正是我们现在讲的有关弗洛里斯牧师故事的父亲。

至于努奥洛到底有多少种妖术与魔法，这实在让人难以统计，况且这里并无专门的巫师，村落间倒真有不少从事类似巫师职业的人。其中奥列娜村有位非常著名的女巫，努奥洛的女人尤其会在自身有需要的时候前去拜访她，不过大家都只是不露声色地暗地走访。一个不同于以往的观点是，人们相信在上流社会中巫术是更为流行与常用的。人们认为共济会成员都是秘密的巫师，这与他们自己标榜的不谋而合。共济会成员为使罗马天主教廷为人所耻笑，故意为驴子等污秽动物洗礼，因而惹怒了上帝，上帝对他们的诅咒随之降临，同时这不幸也来到了人间。

有这么一个故事，说的是一个在努奥洛生活的共济会成员为驴子做了洗礼仪式，结束后刚刚受洗的驴子突然疯魔似的闯进了他的家中。这驴一边发出令人毛骨悚然的嚎叫，一边东闯西撞，将家里的陈设推翻撞烂，弄得一片狼藉。自此以后，这个共济会成员便厄运连连，疾病与不幸始终烦扰着他直至他家道败落。

人们还坚信，神甫有去除虫害消灭瘟疫的力量，并能抵御超自然力量的入侵。

努奥洛的女孩儿们也常搞一些爱的小把戏。要想实现这些小魔法，圣油是必不可少的，不仅如此，圣油也是其它魔法和巫术中的重要物品。人们都说坎皮塔诺①地区的树丛里有种神奇的果子，女孩儿若让男孩儿吃下这种果子，他就会从此爱上自己。究竟什么果子有如此奇效我们无从得知。事实上，已有两个姑娘雇了个人去到坎皮塔诺，那人还真从那带回来一种果子。

女孩儿们得到这神奇的果子后，捣烂了其中一颗并揉成糖丸状，并喂一只小狗吃了下去以为实验。小狗吃下糖丸状的果子后立刻紧紧追随着两个姑娘，这着实令人大吃一惊。小狗当时似乎有些癫狂，这种状态一直持续若干天后才渐渐消去。这奇特的效果能否在人身上同样产生，我们就不太清楚了。

相反，有些魔法巫术却是为了让爱人们不再相爱的，或是使那些本来盈利很好的店家歇业关门，还有的能让健康的牲畜暴毙，让嗜酒者不再想喝酒，等等。虽然人们心心念念地想得到这些巫术的使用妙法，但每每搜寻过后却又终无所得，即便肯为此出钱也求之不得。我们曾听过这样一个传说：曾经有个女人嗜酒成性，她的丈夫在绝望至极走投无路之下找到了一个女巫帮忙。女巫将一种

---

① 坎皮塔诺（Campidano）：意大利撒丁岛的一个省。

粉末给了男人并让他撒在妻子饮酒的杯子里，男人照做了。一天，他的妻子再次拿起杯子喝酒时，却发现杯底不见了。在空空的杯子底部浮现出了整座地狱的样子，女人以为自己已在地狱之中便问身边的魔鬼下面可有酒卖，就在这时，她突然醒悟到自己尚在阳间，于是她被自己刚刚所见的阴曹地府吓个半死，从此便滴酒不沾了。

坐下了就长不高。接下来我们要谈谈那些让人无法发育长高的魔障。可以使用魔法来达成这个目的，比如让一个孩子坐在三角锅上，那他就肯定长不高了。这个看似幼稚得不可理喻的迷信与我们之前提过的一则迷信有关。我们曾介绍过，魔鬼喜欢用刚刚熄火的三角锅为自己烹煮食物，所以魔鬼们得时刻守着三角锅，于是它们就施下了“坐下了就长不高”的魔咒，以使那些正在发育的顽童们离锅远一点。

布谷鸟。布谷鸟的第一声啼叫预示着好天气即将到来。人们认定布谷鸟有预知祸福的能 力，能够告诉人们何时适合婚嫁何时适合生育。布谷鸟能够猜测时间，大家常常这样问它：“美丽野生的布谷鸟啊，请你告诉我现在几点了？”

然后，人们就聚精会神地去听布谷鸟的啼鸣。鸟儿在用啼鸣声向大家报时，鸟儿啼叫的次数也就是现在的时间。当然，布谷鸟多数情况下会计算错误，不过人们并不在意。

人们也会用同样的方式向布谷鸟询问自己结婚的年龄：“美丽的布谷鸟兄弟，我还有多少年才能结婚？”或问：“美丽的布谷鸟兄弟，我还能活多少年？”又问：“纯洁美丽的 布谷鸟，多少年以后我能有个儿子？”

这关于布谷鸟的把戏，与其说是人们的迷信，不如说是姑娘们闲来的娱乐。

小猫崽尾巴上已经翘起突出的部分需要及时剪掉，因为那里一定藏有虫子。若不及时清理，虫子就会慢慢长大变肥。

面疙瘩汤。面疙瘩汤是粗磨面粉在浓汤中煮制而成的，有时也简单地用清水配着奶酪来煮。粘稠一点的面疙瘩汤会使人脑袋发沉觉睡得死。大家还会称呼那些惹人讨厌或麻木冷漠的人为“凉面疙瘩”。

松果壳里偶尔会有一只肉眼很难看见的“小手”，它有着五根清晰分明的“手指头”，人们把它看作是为人无尚尊崇的圣母的玉手。孩子般天真可爱的努奥洛人会满怀虔诚地去寻找内含“圣手”的松果，有幸找到后便会更加虔诚地将其吃下。

在努奥洛，小燕子也因其为圣鸟而受人崇拜与尊敬，人们认为小燕子是圣人朱塞佩的鸟，能够送来臭虫和美好的季节。

大家相信蜥蜴是无害又善良纯洁的爬行动物，对之倍加尊敬。孩子们看见蜥蜴时会高唱下面四句童谣：

蜥蜴呀蜥蜴，
你的妈妈不见了，
你的爸爸快死了，
蜥蜴呀，快逃吧。

如果蜥蜴被杀了，它立刻就会由原来的善良面孔变得恶意十足。它的尾巴摇晃跳跃着从身体上脱落下来，这样是在表示对凶手的诅咒。

家里飞进一只黑色大苍蝇是不祥的预兆，飞进一只金色大苍蝇则是幸运的象征。

让努奥洛人同样尊敬的还有游蛇，因为他们认为游蛇是圣母玛利亚最宠爱的爬行动物。这显然是荒谬的。努奥洛人是因看见宗教画中的圣母脚踩长蛇，进而曲解了图画的真实意义，误认为这是圣母在保护蛇。而游蛇恰好是努奥洛地区和蛇长得最像的爬行动物了。

每日向圣人帕斯库诵读《主祷文》并坚持一生的人，能够在自己大限前三日得到预告，他们会从房间的墙壁里家具上听到特殊的敲击声。

小孩子会把自己脱落的第一颗乳牙藏进洞里面，他们相信老鼠会在某天找到自己的牙齿，并拿着这颗牙齿来跟自己交换一枚钱币。

如果小母鸡的第一声啼叫听起来像公鸡，就预示着养鸡的这家快要倒霉了。

龙虾肉是否肥美与月亮盈亏有着密切的关系：月圆时龙虾会极其肥美，而到了月亏的时候龙虾就瘦削不堪了。

月亮开始新一轮周期的前一天，若能有个万里无云的大晴天或是星光灿烂的好夜晚，这样的天气就会一直持续到整个月亮周期的结束；要是新周期的前一天天气不好，那整个周期的天气也就不会好了。

民间用药方面最好能记住下面这几个方子：

菊花茶治疗腹痛非常管用；年轻母亲的乳汁能够治疗耳疾；想要治愈感冒，没什么能比用鼻孔猛吸蔗糖的味道更有效的了。

大麦茶常出现在治疗各种疾病的方子里，对于猩红热尤其管用。亚麻籽作为药物也很常用，可以混合着锦葵、天仙子、芸香、毛芯花等一起涂抹。

对付晒伤，人们常用蜂蜡油，将融化的蜂蜡与橄榄油混在一起凝固后即可使用。

双胞胎中先出生的那个孩子会格外引人注目，几乎是人人都想找寻的目标。这是因为先出生的孩子可以帮助治疗人和牲畜的疾病。如果一匹马正腹部绞痛，让先出生的那个孩子在马的腹部猛踢两脚，马的病痛就立即神奇地消失了。

敢偷别人家烤好的肉串儿，就不要怕得麦粒肿。这时若能找来双胞胎中稍长的那个孩子，让他在患眼上用舌头舔个十字，伤者即可痊愈。找不到这样的孩子时，患者就会请第一个看见他麦粒肿的人朝他摸裆，或做出一些下流的手势，兴许会好也未可知。

走在路上会一不小心被荆棘或灌木丛勾住衣服，这是在告诉你，你未来的丈夫会是个鳏夫或将来你会娶一个女教员做老婆。

将马牵到一个地方而不是骑在它的背上驰骋而来，这种被认作无能的行为会招来沿途所经之地人的诅咒和嘲笑。

想知道一个人对你是否有好感时，那就去抢他的帽子吧。抢来后还要用手指转动帽子，如果帽子紧贴着手指转动，说明那个人很喜欢你；若是帽子转得不大稳当，则说明那人没那么爱你；倘若帽子直接飞了出去，则表示你们之间应该是不来电的，甚至对方还会对你有些恶意。

在《诅咒》那一章节中，我们曾提到有那么一群小仙女有着一肚子的坏心眼，人们也称她们为“处女仙女”。

关于撒丁岛的史前历史，著名的林彻伊学术委员会[①]曾组织专家学者专门研究过。罗威萨多[②]就曾在一份出色的研究报告中指出，努奥洛地区附近有一些巨大的洞穴，这些洞穴是“处女仙女”的老巢，如今里面仍住着一些骇人的畸形怪物。此外，正如人们对其它高山洞穴想像的那样，这里也被认为是通往地狱的入口。“毛莱多人”是人们对生活在撒丁岛南部的小精灵的戏称，精灵们大多单纯善良甚至会有些愚蠢，而现在的撒丁岛人也把伊格莱夏斯[③]的居

---

① 林彻伊学术委员会成立于1603年，是意大利最古老的学术委员会之一，总部设在罗马。

② 多明尼克·罗威萨多(1842—1916)，意大利著名地质学家。

③ 伊格莱夏斯(Iglesias)：意大利撒丁岛卡利亚里省的一个市镇。

民称为“毛莱多人”。

要保护树木和珍贵的灌木免于虫害、雨雪、曝晒等一切侵害，需要人们在它的枝桠上绑一片形似十字架的棕榈叶子。

有种办法能帮你打探到别人的秘密。说来简单，你所需要做的就是让他喝酒或饮料，而你却只看不喝，等他喝到差不多时你再一口气把杯中剩下的全部喝光，这样你就可以知道他的秘密了。但一定要小心的是，千万不能在杯中留下残余液体，否则有心打探你秘密的人就会偷偷喝光它们，你的秘密从而也就被泄露了。

还有一种神奇魔法能让你讨厌的人长肉赘。

这个魔法的具体实施方法我还没有完全弄清，毕竟懂得法术又能操作实施它的人不会轻易地将其展示给外人。我能知道的就是需要在一棵大葱旁边埋下盐和一些别的东西，然后让自己讨厌的人从上面跨过去。这个魔法叫做“埋葱①”。努奥洛人相信，只有在被施了“埋葱”的诅咒后，人们才会患上肉赘。

想要摆脱肉赘的困扰，要找根较长的芦苇并将其打结，长了多少颗肉赘就要打多少个结。

然后要找个朋友来担当丢芦苇的重任，这个朋友要将打了结的芦苇丢到一个患者从来没有听说过的地方。随着芦苇渐渐消失在水面，患者身上的肉赘也将渐渐消去。

如果猫咪突然比平时多玩耍了很长时间，说明天气马上就要变坏了。②

想知道你的情人现在心情如何，就捏捏自己的手指关节吧。如果关节“咔咔”作响，这说明他现在心情不错，不响的话就表示他的心情不大好了。

---

① 意大利语中，葱和肉赘是同一个词——Porro。

② 在牧民中流传甚广的说法则是：如果小牛在外面玩耍的时间变长了，那么好天气就快要结束，坏天气就要到来了。——原注

人们觉得烟雾喜欢美丽善良的女人。当一个女人坐在火边时，烟雾总是飘向她的话，就说明这个女人或是美丽的，或是善良的，也可能两者兼备。

复活节[①]恰逢三月份时预示着这年会有好收成。这一说法源于下面的古语：

复活节逢三月份，
必是面包好收成。

如果一只母鸡病倒了或下出了没有壳的透明鸡蛋，肯定是它误食了有害的虫子。这时要用面团捏出所疑的害虫的模样再让母鸡啄一啄，吃下去，这样母鸡的病就会痊愈了，也不会再下没有壳的蛋了。

生了冻疮要去找仙客来的球茎或找个大的牛肝菌，将它们放在口袋里，随着球茎慢慢干燥，冻疮也会随之消去。

前额的头发从正中间自然地分开了，这是幸运即将降临的福兆。

摸裆。在努奥洛，摸裆这个不雅的手势常常用来表示愤怒或对他人的诅咒，一般来说朝谁摸裆那个人就会有麻烦。人们会对自己讨厌的人做这个动作，并朝他大呼“哈，你看见咯”。偶尔摸裆也能有点好作用，就像我们在介绍如何治疗“麦粒肿”时说的那样。

很多人生火时会遇到无论怎样也吹不旺火苗的情况，这时候只需对着火堆做摸裆的动作，火苗便会瞬间爆发成熊熊的火焰。

想要摆脱别人对自己的诅咒，只需偷施咒者的一件衣物或一

① 基督教最主要的节日，亦称“主复活节”，是基督教为纪念耶稣复活的节日。据《福音书》记载，耶稣死后第三日复活。公元325年，尼西亚大公会议规定，每年春分月圆后第一个周日为复活节。复活节的传统是吃或者赠送彩蛋，寓意着生命和繁荣。

块布条，烧掉后再用相同的咒语对其进行反诅咒即可。

人们说“二月”是个变化无常的男人，他有妻子同时还有个情人：二月和妻子在一起时风雨交加瑟瑟冻人；当他和情人相聚时，则风和日丽晴空万里。

为了躲开别人的恶意，要在被咒者身后绑一束黄色带子。若诅咒已开始在此人身上应验，则需用下面的办法予以解除：

首先需确定此人的确遭到了别人的诅咒，鉴别的方法如下：取一杯圣水，往里面放入七片将灭的余烬。若它们在熄灭后能浮于水上，则此人没有被施咒；如果有的沉到了水底，此人就真的遭了诅咒。赶上第二种情况时，那个遭受折磨的可怜人必须满怀虔诚才能有被解除咒语的希望。在努奥洛，所有治疗过程都需要有颗对宗教万分虔敬的心。他要喝下一半圣水，再用余下的一半洗手洗脸，轻轻地点湿双脚，这样做完后诅咒也就自然解除了。

恋　爱

当小伙子真心实意爱上一位姑娘时，他通常会去请一个与男女双方均不熟识的第三人出面，请他或她帮自己转达对于姑娘的爱慕之情，这就是为大家所熟知的“红娘牵线”。

如果小伙子能有和女孩直接接触的机会，无论是在大街上，在工作的地方，还是在某个人的家里，只要能有机会和她说上话，小伙子就会问他爱的姑娘：

“你有情人了吗？”

面对这突如其来的表白，姑娘们显然能立刻明白其背后所蕴含的意图。她若表示自己是单身的话，男孩子就会毫不犹豫地告诉她：一个诚实可靠又认真进取的青年是值得托付终身的，现在正有这样一个青年对她爱慕已久。

姑娘若反问对方是谁，他并不会当即自报家门，还要对姑娘献上上百个回合的殷勤与恭维后，才向她表明自己的心迹。

当然，追求者还会有其它的方式表达心意，也许男孩子会找一个适当的机会对他心仪的姑娘说：

“我想找你‘办事儿’，咱们有一个小时宝贵的独处时间。”

这句话尽管低俗，但却是民间男女追求爱情的“名言”。事实上，这是一种严肃、诚恳又直接的表达爱意的方式。女方如果同意交往，尽管难以启齿，但无论如何还是会羞答答地从朱唇间挤出“办事儿”这个词的，虽说就连特定语境下也难掩它的低俗与“污秽”。女孩若是没有交往的意愿，就会毫不客气地请追求者立刻离开。

在双方两厢情愿、一拍即合的情况下，男方会请自己的父母或其他监护人正式向女方的父母提亲。女方家里同意后，大家会共同商定出男孩第一次到女孩家拜访的日子，这也就表示女孩的家人承认了这位未来的女婿。

男孩到未婚妻家中拜访的次数不宜频繁，每次逗留的时间也不应过长，正常情况下应在晚上到女方家里。根据风俗习惯，若姑娘无业在家，男孩最好在周六下班后到她家去；要是她在别人家做工的话，男孩就最好等到周日下午再去。

随着婚期的临近，男孩去姑娘家的次数自然会频繁起来，而姑娘在婚前是不可以到男方家去的，就连从他家门前经过都不大合适。

双方家里对这门亲事都满意的话，就会在婚前尽力保持礼数周全相敬如宾，彼此间礼尚往来共同筹备婚姻大事。待到婚礼过后，两个家庭就结束了“关系的蜜月期”，用不着再那样殷勤相互恭维了。这段“短暂又富有激情”的交往从此慢慢滑向了最淳朴自然的状态。

按努奥洛当地风俗，婚前每逢各大节日时，男孩子都应该为他的姑娘准备礼物，如复活节、圣诞节或努奥洛最重要的两个地方性节日——8月6日的救世主节和9月21日的感恩圣母节。圣诞节来临时，男孩一般要送姑娘一只烤乳猪，其它节日可以送金币、甜点或手绢等对方喜欢的东西。女方及其家人不应向男方询问具体的婚期，结婚请求必须要由男方提出来才行。

若女方是个寡妇，她应极力避免在未婚夫面前提及先逝亡夫的名讳。

双方婚期确定后，准新郎要在婚礼举行前为女方准备一份“彩礼”。这份“彩礼”通常包括：戒指、两枚衬衣用的金扣、二十四枚女性紧身衣的精制镶边银袖扣、诵读《玫瑰经》时使用的十字架或金质祈福圣牌、耳坠子，还可再加些金质胸针。至于床上用品、结婚礼服、家具、床垫、被褥、做面包的工具等，皆应由女方家人负责准备。除此之外，不论新娘的家庭条件如何，也都不用再预备其他的嫁妆了。

遵照习俗，爱侣们要在正式结婚前到上帝那里许下两人即将步入婚姻的爱的誓言，发誓二人会情比金坚并请上帝为之作证。在这夜深人静之时，四下里并无亲朋好友的见证，这对爱侣就着教堂内温暖宁静的荧荧烛火，在上帝面前海誓山盟私订终身。这一私下密约看来不可告人，却有着和结婚誓言一样神圣的效力，除非遇到非常情况，否则是绝不可以解除婚约的。若因一方的背信弃义而导致婚约失效，食言者会遭受连连灾祸，从而为向上帝撒谎付出惨痛代价。

以上我们所讲述的，均需在爱情进展顺利的前提下才能得以有此发展。再次回到当初那小伙子告白的时刻吧。如果他在这时遭到了姑娘无情的拒绝，人们就会嘲笑他道：“呀，他收了一个大南瓜。”在当时，“收南瓜”对于小伙子乃至他的家庭来说都是件极不光彩的事。遭到如此冷遇，心高气傲的小伙子又怎会不采取点报复行动呢？恼羞成怒下的他们会在姑娘家的窗下“夜夜笙歌”。这些夜半歌声可不是什么美妙动人的情歌，情歌是专属那些情场得意之人的，而情场失意者只会将满心的震惊、不满与委屈随着口中哼唱的下流歌曲毫无保留地宣泄出来。这些恶意中伤的歌曲，有的由“报复者”独立创作，有的甚至是用酬金专门请写歌的诗人谱写的。总而言之，这些歌曲都是对拒绝自己的女孩的一种报复。正所谓“好事不出门丑事传千里”，这些充满诋毁之意的歌曲很快就传遍了大街小巷，黄发垂髫皆能哼唱。虽然法律明令禁止中伤他人，无奈法不责众，哪里又管得了那么多人的嘴，可怜姑娘的清誉就这么无辜地遭到诋毁了。

说来这还算比较“温柔”的复仇方式呢。赶上那遭拒的男孩盛怒之极时，热情洋溢的爱瞬间化成万劫不复的恨，他会千方百计地让姑娘及其家人付出“血的代价”。他那使尽浑身解数想出来的层出不穷的招数真是令人防不胜防：有的男孩会潜入姑娘家的马厩里，剪掉马儿的尾巴，再残忍地割掉它们的舌头或挖出它们的眼睛；有的男孩偷摸到牛棚去锯掉牛角甚至直接把牛儿杀掉。如果对牲畜的折磨还不足以泄愤的话，这个已被仇恨冲昏了头脑的青年甚至会放火烧掉姑娘家田地里的庄稼，不然的话也要乱斧砍死树木或连根拔起姑娘家的葡萄藤。更有处心积虑者，会暗暗等到每年嫁接时节，再将姑娘家辛苦接好的劳动果实破坏得一干二净，这是要让别人也感受一把希望落空的痛苦。在青年不择手段地对姑娘实施报复的时候，他们发热的头脑中尚残存着最后的一丝理智，那就是要钻好法律的空子，可千万别被逮到。

我们上文介绍的这些复仇的方式不仅发生在那些没有缘分的男女青年之间，解决其它纠纷时人们也会采取这些办法。真是报复者淋漓畅快“咸鱼翻身”，被报仇的就只有焦头烂额地看着满目疮痍了。若女人在言语上冒犯了男人，感到屈辱的男人会不计一切地拔掉女人家牲畜的舌头。这个复仇行为的意思十分清楚：你这个爱嚼舌头的八婆，看我不拔了你的烂舌头！

若男女双方最终无缘婚嫁，女方需要悉数退还男方赠送的礼物，果真因为女方致使婚约不能履行的，于情于理也应如此。要是因女方遭到了抛弃而无法成婚的，这个可怜的姑娘会在某天早晨发现自己家门上挂着一个面目全非的人面南瓜，南瓜的其中一面被凿成了头顶牛角的人脸模样，其余部分则画满了羞辱性的符号或写满了刻薄的语言。遇到这样的报复，想要发作也不知是谁做的好事，无奈之下只能作罢，谁叫总有一些闲人喜欢落井下石呢。

努奥洛的刁民们喜欢在廊柱上涂画羞辱性的符号，还乐得玩些讽刺嘲弄人的小把戏。这绝不仅仅局限在被人拒绝或遭人抛弃的姑娘小伙身上，任何人都有可能因为一些鸡毛蒜皮的小事成为被攻击的对象。

人们常常趁着夜色将那些刚出生的弃婴放在某些富人的家门口，以此来嘲讽他们生不出孩子的尴尬。

既是讲“恋爱”，我们就再说说无缘青年间的恩怨情仇吧。努奥洛的女孩子们也绝不是完全被动的，她们当然会不甘示弱，事实上姑娘们也会写一些歌曲“献给”那些与她们有缘无分的小伙子们。我们前文中就提到过一个类似的具有代表性的创作，虽然没有露骨直言的谩骂，但字里行间都散发着对男方最刻薄的羞辱。这首炉火纯青的指桑骂槐作品出自一位老诗人之手，所以作为对他辛苦创作的酬劳，一个葡萄酒腌渍的甜南瓜也是少不了的。

随着时间的推移，人们也渐渐变得温和起来，在先辈们锱铢必较、睚眦必报的遗风面前终于学会了莞尔一笑。春去秋来，大家早已忘却那些充斥着侮辱谩骂的歌曲，也不再像之前那样斤斤计较了。绝交多年的朋友又重归于好，劳燕分飞的情人也能够再续前缘了。这在以前，哪怕只是若干年前，都是难以想象的“惊世骇俗之举”。那时，一句轻蔑的嘲讽，一段无果的爱情，都足以引发一场不可收拾的仇恨。曾经，这仇恨如燎原的邪恶之火使撒丁岛的村庄毁于一旦，岛上的人们也因此而痛不欲生。

他到底爱不爱我？沐浴在爱河中的姑娘们总会有这样那样的心思与疑惑。虽然努奥洛的姑娘们不能直截了当地去问情郎这句话，然而鲜花却可以告诉她们答案。最后我要做一点补充的是：努奥洛人在筹备婚礼时，女方家会尽量不使借来的钱为准新娘置办嫁妆，也会避免赊账购买这种方式，人们认为这些行为会给这段婚姻带来不幸。

婚　礼

遵照传统习俗，若新婚夫妇中一人正在服丧或恰巧他们中的一个是寡妇或鳏夫再婚，那么这对新人的婚礼就会安排在晚上举行，程序也一切就简，有的连宾客都不邀请。除去上述特殊情况，等待大多数努奥洛新婚夫妇的将是一场盛况空前的婚礼。

粉刷一新的婚房，配上各式各样新添置的家具器皿，这就是努奥洛新人们为结婚所做的物质准备。如此大的手笔绝不仅是为了面上有光，这更象征着一对喜结连理的新人将在这里开始他们崭新的人生旅途。

大婚之前男女双方的亲友都要带上特定的贺礼到新娘的家中欢聚。按照习俗，这份礼物需要包括：二十五升小麦和一至两瓶以鲜花为瓶塞的葡萄酒。如果来宾口袋宽裕的话，还能再送些点心露酒和努奥洛独有的一种花式蛋糕。努奥洛花式蛋糕的主料是杏仁和糖，不过您可千万别因这略显家常的材料而小瞧了蛋糕，花式蛋糕的出众在于其匠心独运的造型设计。经过烘焙的彩虹形饼干上有着用糖粉做出的雕花，他们彼此交错互搭着将其上部拱成了穹顶状，“苍穹”之下则是金黄绵软的蛋糕裹着口感酥脆的杏仁。远远看去整个蛋糕仿佛是只金色的花篮，而且也只有本地的甜品师傅才会晓得这种花式蛋糕的制作秘方。所有礼物要么被盛在篮筐里要么被放在托盘上，总之它们会随着道贺的宾客一起送到新娘的家中。

人们认为，处在服孝期的女人身着丧服到新娘家来送贺礼会给新人带去厄运。所以在这种情况下，服丧的女人会暂时脱掉丧服再去道贺。收下贺礼后，新娘家人会端来特意为服丧女人准备的点心咖啡作为招待，临走时还要选取上好的牛肉①和点心作为送给她们的回礼，这些回礼被放进她们刚刚盛放贺礼的篮子与茶盘里。如果新娘家负担不起“做肉”所需的花销，精制面粉做成的新鲜面包也是完全可以的。

这面包与平日里普通的面包大为不同，是专门为结婚的新人准备的。整个面包外部均被美丽巧妙的雕花覆盖，堪称精美绝伦！此外，家中女人还要准备婚礼上吃的甜点。这些甜点以杏仁口味为主，混合着香甜的蜂蜜，为使其看上去华丽大气，还要在甜点四周洒满可食用的金箔。最后，往往要在点心的最上面盖一片雕工精美的酥脆薄饼，每片薄饼都是一个美丽的图案，这些图案用藏红花等香料绘制而成。如此“内外兼修”的甜点谁不垂涎欲滴呢？

这些精工细制的婚礼点心因其复杂而美观的外形深受宾客们的欢迎。其中有心形花形，还有的被做成更复杂的动物和珠宝器物等形状。在一些大蛋糕上也常点缀着这些造型多样美味可口的小甜点。如果我们仔细观察，还会发现“结婚戒指”和“衬衫袖口”等令人意想不到的个性图案也出现在了甜点队伍之中。它们是婚礼中具有象征意义的闪亮细节，美餐之余也为婚礼增添了不少的生趣。

如前所述，新人中有服丧者时婚礼的确需要一切从简，因此也

---

① 在结婚的大日子里人们会宰杀一两头母牛，这一习俗被称为“做肉”。——原注

就不会有八方宾客齐聚欢庆的盛大场面。尽管如此，当结婚的好消息一经宣布后，亲朋好友们还是会纷至沓来为新人送上真诚的贺礼。由于新婚夫妇的特殊情况，这些盛满贺礼的篮子只能在送来的三四天后再“满载而归”了。这当然不是因为新人缺乏礼数，而是有其独特的讲究。这三四天的间隔是为了向大家表示新人的婚礼举行得突然，夫妇二人对婚礼并无太多的准备，更没有想要大肆庆祝的打算，因此对于大家的慷慨还没有做好充分的准备，不知该如何接受和答谢大家的厚爱。

归还礼品篮时，新人们会随篮附上一个字条，上书：

“我们将竭力尽早归还。”

自己结婚时会收到亲友们的贺礼，所以当亲友及其家人结婚时也应该送上自己的贺礼。礼尚往来永远是理所当然的。别人送给自己的礼物在日后是必须要给予答礼的，在某种程度上这似乎成了努奥洛不成文的规定。他们是如此地看重礼尚往来，人们不会在琐碎繁杂的交往中疏忽了送礼的具体事宜，曾经那些你来我往的条条目目永远清晰难忘。这一切只因细心的努奥洛人会将它们记录在礼品清单上，他们的清单上会列出送礼人、所送礼物等项目，简直详细清楚到想忘记都难的地步。

下面是最为激动人心的时刻，一场努奥洛婚礼拉开了帷幕，就请您跟随我们一起亲临现场吧。婚礼队伍进入教堂是有讲究的①：首先，新娘将在两位伴娘的陪同下缓缓步入教堂。伴娘的人选一般会是新郎的姐妹或近亲，尽管她们此刻也如新娘一样的典雅并穿着同样的礼服，不过她们很可能还是些乳臭未干的黄毛丫头呢。

相比之下，新娘的亲友兄弟会更忙碌些，他们先要和伴郎们到

---

① 事实上，队伍打头的应该是两名小花童，一男一女手持由丝带装饰的蜡烛。过后，这些丝带会同橙子花一起成为制作新娘捧花的材料。——原注

新郎家去，再从那里出发一道去接新娘，这一路还需要几位头顶藤篮的女人相伴才行。她们头上的藤篮里放着九块面包和九枚心形甜点[①]，这是未来婆婆给新娘的见面礼，以此表达她对准儿媳的喜爱。婚礼时教堂内进行的部分与其它地方并无二致，新人向上帝许下誓言后在众人的一片祝福声中携手走出教堂。

这时，人们会将手中的麦粒鲜花和五彩纸屑一股脑儿地洒向这对幸福洋溢的新人，并高呼着自己的祝福："好运连连，一切顺利!"

努奥洛婚礼上不可缺少的环节是:砸盘子。如果新娘是处女，人们会将盛有象征着富足的小麦盘子摔碎。盘子的破碎意味着新娘将从此失去童贞，此外新娘身着的白纱也是其纯洁童贞的外在象征。

如果新娘是个寡妇或她已不是处女时，同样需要摔碎盛有小麦的盘子。此时盘子的破碎则象征着新娘将就此告别那令人不快的过往。大家也会配合着说些有趣的笑话，似乎是为了让新娘感受到更加持久的欢笑。

新娘的母亲要在女儿婚后第一次回娘家时拥抱她，不管是否情至深处，她们都要流出一两滴眼泪来。

遵照拉丁习俗，婆婆会在媳妇进门时送她纺锤和卷线，当然也要亲手将家门的钥匙交给她。现今这样的习俗几乎已经为人忘却了，同样被人遗忘的还有在婚礼上亲吻女人的习俗。这个习俗规定，出席婚礼的男人们可以在婚礼上随意亲吻新娘和婚礼上的其

---

① 和新娘关系最要好的亲属也可以赠送她九块面包和九枚心形甜点作为象征性的礼物，爱心形状有"钟爱之情"的意义。——原注

他女人[1]。男人中也总会有些个胆大的，真敢上去多次亲吻新娘，面对此情此景大家都只是付之一笑，绝不会尴尬冷场。

神甫会为新人的婚床祈福。之后，由香醇的咖啡和美味的点心组成的飨宴便开始了。宾客要在最后离开婚礼前向新人送上自己的祝福，还要送给新娘戒指或金币银币等结婚礼物。

绝大多数婚礼会在周六举行，第二天新娘家里要准备丰盛的午餐款待宾客，八天后新郎家还要再办酒席以答谢来宾。席间人们会纵情欢歌起舞，频繁互致问候，热情愉悦的气氛也为新的爱情播下了幸福的种子。

初为人妇的新娘会在家庭聚会时收到两样特别的东西：一个是装满麦粒的碗碟，一个是一撮没有经过加工的羊毛。除此之外，她还可能收到亲友们送的桌布、藤篮、被扎捆了翅膀的母鸡和其它生活日用品。

婚宴上新婚夫妇会使用同一个盘子吃饭。对于那些举案齐眉的夫妻来说，这样的恩爱将一直贯穿婚后长久的岁月。

到了每年的五月，牧羊人会请新娘子们到羊圈去。她们要是闻到了臭味儿，就还得在明年此时故地重游一遭，这可真是个富有乡村“味道”的习俗。

关于婚礼中新人们必须注意的禁忌，上文中我们已涉及了一些，但远不止这些。下面我们再补充一些关于婚礼禁忌的内容。

如果证婚人或伴郎没有送给新娘礼物或已送的礼物不够丰厚，这段婚姻在未来就会有遭遇不幸的可能。而新娘的物品意外

---

① 这样的习俗如今大多流行在社会底层的人们之间。所有出席婚礼的男人都可以任意亲吻婚礼上的女人，如果女人不从，他们就会恶语中伤甚至强吻她们。女性若是顺从了他们，男人们反而只在其面颊上轻轻一吻。——原注

被窃也绝不是什么好兆头。

新娘在婚后一年不能戴孝，也不能去参加任何人的葬礼，即便逝者是新娘的近亲也不可以。此外，她还要尽可能地远离那些不幸的家庭，以保护自己的丈夫和家庭不致遭受不幸。

最后，还有一个古老而传统的迷信传言：拥有童贞的女子未婚先逝，她死后会升入天堂成为圣人乔瓦奇诺[①]的妻子。

① 圣乔瓦奇诺：天主教圣人。

洗　礼

在努奥洛，女人没有孩子绝不是件好事儿。因为有个约定俗成的共识根深蒂固地存在于努奥洛人的思想观念中，那就是：婚姻的目的就是组建家庭养育后代。在这种观念的熏陶之下，即便是最困难最贫穷的家庭也希望能多生些孩子。

一些江湖医师会给不孕不育又求子心切的女人涂抹药泥，主要是将药泥抹在她们的背上，或是给她们服用药水以帮助其受孕。除了这些不知效果如何的处方外，嘱咐这些女人到海边去泡澡同样是江湖术士们诊疗时的不二法宝。

如果实在生不出孩子，收养弃婴似乎是这户人家最后的办法了。万能的上帝，善良的上帝，他会将这善举看在眼里并适时地赐予这户人家子嗣。

女人生不出孩子不仅自己着急，还可能因此沦落为众人嘲笑的对象。在日常的拌嘴嚼舌中，或着急上火时，人们会口不择言地攻击那些无法生育的略有缺憾的可怜女人。这是常有的事。

尽管如此，闺中待嫁的姑娘家可绝不能仿效他们如此粗鲁地对待怀不上孩子的女人。上帝会将这刻薄的行为统统看在眼里，日后必定让她付出惨重的代价，以惩罚她当时为一时口舌之快而犯下的恶行。

努奥洛人还相信因果报应：人们年轻时所犯下的恶行，会在为人父母后报应在他们孩子的身上。有些深重的罪孽甚至连一代人都偿不清，需要其子子孙孙都继承下这折磨人的厄运。在这里，没人敢嘲笑畸形的孩子或身有残疾的人，就连开玩笑地说别人家的孩子长得难看也不行。人们唯恐有朝一日因当初口舌之快而犯下的罪孽会连累到后代身上，致使自己的孩子也患上相同的疾病或遭遇同样的不幸，这会使他们同样被置于受人嘲讽的危险可怜的境地。

努奥洛人从没学习过遗传学理论，也没听说过隔代遗传或返祖现象这类专业名词，淳朴如他们，只是一厢情愿地坚信：子孙除去在外形上与父辈们相像外，精神与灵魂也一定是一脉相承的。

据《福音书》记载，子女的过错同样也会连累到父母，而父母犯下的罪过则会再继续追溯到他们的上一辈。

新生儿降临不久，父母就会着手为这些小生命准备洗礼仪式了。孩子出生的当天，父亲会穿戴一新地去邀请孩子的教父教母前来，请他们为这新生命献上祝福。

在选择教父教母[①]的问题上，人们大多倾向于请那些有钱有势的人来做自己孩子的教父教母。另外，一对恩爱甜蜜的夫妇爱侣或一对相亲相爱的兄妹，也都是十分理想的教父教母搭配。

这位喜上眉梢的父亲会说：

“如果您能赏脸来帮助我家的小生命成为基督徒的新成员，我将不胜感激。”

一切准备就绪后，教母会准备洗礼仪式所需的蜡烛，并用绸带

---

① 教父教母是指基督徒家庭的新生婴儿在接受洗礼时的监护人，其职责是监督和保护被监护人的宗教信仰。他们必须是已经受洗的成年基督徒，未受过惩罚，且与被监护者无血缘关系。

将之包裹好，而后，在神职人员的陪同下走入教堂。

按照早年间的习俗，蜡烛是需由教母准备的，而孩子的母亲则需预备一些点心并呈在托盘中送给教母。

待所有人到齐，小生命也准备好接受洗礼时，仪式正式开始。首先是祈福的环节，祈福过后要吟诵《信仰》之曲，襁褓中的婴儿在《信仰》之曲完结时就已真正成为一名虔诚的基督信徒了。此时，抱孩子的女人会给孩子重新戴上婴儿帽，教父会走到女人身边送给她一枚硬币，并对她说：

“给自己买件罩衫去吧。”

“可以用很多年的罩衫呢。”女人需要这样回应教父，孩子的教母也会同样得到这慷慨的礼物。

教父还需给教母的女仆几个里拉作为赏赐。教堂的看守也能在这全家欢乐的时刻得到些额外收入。

欢乐的人群走出教堂时，打头的是刚刚经过受洗的婴孩，当然少不了抱着他的女人，继而是教父与孩子的父亲，队伍中的教母位于祭司与教父之间，其余人分列其后随着队伍逐一走出教堂。教堂的看守者们通常是最后走出教堂的人，如果他们对教父的赏钱不满意，就会接着去新生儿的家中饕餮一番，饱吃一顿甜点大餐。

吓唬孩子

在孩子们成长的过程中总会有不少妖魔鬼怪的形象出现，家长们则趁机利用这些可怕的形象来吓唬不听话的孩子。努奥洛的孩子们在成长的过程中接触到的第一个怪物叫波波依，它是一个通体黝黑的巨人，声音也恐怖异常，据说他最喜欢的玩具和食物就是不听话的小孩。

接下来介绍的这只怪物是个吃人的巨妖，它臭名昭著的程度和喜怒无常的黑熊不相上下。食人巨妖习惯于先将不听话的孩子抓进自己的巢穴，好吃好喝地把他们养胖，继而再残忍地将其吃掉。与食人巨妖狼狈为奸的，是它的老婆——赫赫有名的“食人怪婶婶”。

为了防止孩子们在冬天出门乱跑，大人们也许会这样吓唬自己的孩子：屋外呼啸而过的大风是人类的幽灵敌人，它喜欢吸食人类的鲜血。风的母亲是位同样恐怖可怕的老妇人，她的头发灰白齐腰，乱如稻草。风的母亲素来凶狠残忍，双手如鸡爪般锋利，双眼似炉火般发光。风和它的母亲都是人类的宿敌，而它们之间也常因为谁抓到的小朋友更多而争斗得不可开交。除了这些，还有一种传说中的怪物，同样是孩子们的梦魇，那就是吸血鬼（我们在“民间迷信、信仰与医药”章节中已有介绍）。很多识字的努奥洛人都曾写下过吸血鬼在他们的童年时光里留下的可怕阴影，几乎所有人在年幼时都曾紧紧地堵过自己房门上的钥匙孔，只为防止吸血鬼进入到自己的房间里。

太阳也有自己的天敌，它的敌人叫做“玛利亚·裴特娜”。这位玛利亚周身布满铁钉，手持铁犁。虽然在太阳照耀之下孩子们能够安然地玩耍，可一旦走到了阴暗处，他们就得千万小心了。“裴特娜的玛利亚”就在阳光与阴影的交界处等候着孩子们，它要把这些调皮的孩子抓回家。

除“裴特娜的玛利亚”以外，还有个“玛利亚·乐图璐”。尽管从未有人见过它的真面目，可每每有孩子不听话或不守纪律时，“乐图璐的玛利亚”定会幽幽地伸出它那食人的双手。

不听话的孩子走到哪里都会遇到危险。若无父母的准许，私自跑到荒郊野外去，就有可能被“母猫玛鲁达”吃掉。这只野生母猫身形庞大，面目可憎，喜欢以贪玩的孩童为食。

“引诱”是最令人感到害怕的邪恶力量，“诱惑”使人变成恶魔，一如那冬日的孽子一般。努奥洛地区有个传说，人们认为孽子“三月”（又一说法是“四月”）因为无法忍受寒冷而亲手杀死了自己的母亲。

除了这些口口相传的民间传说，努奥洛的孩子们还得担心自己会与耶稣面碰面。人们相信，有时耶稣会装扮成行乞的乞丐出现在路边，他的母亲圣母玛利亚则会打扮成弱不禁风的老太太样子，倒是那些恶魔们饶有兴致地伪装成一个个道貌岸然的有钱绅士。此外，还有一些略具异域风情的民间故事也随着努奥洛人民的记忆代代流传。几多古怪牵强的传说在岁月的流转中逐渐为人们所遗忘，但脑海里的留白却被一些更加奇特与荒诞的迷信再次占据，它们中的大多数似乎对努奥洛人的生活有着更强的禁锢作用，从而深植在一代代人民的心中，永不遗忘。

不请吃就捣蛋

努奥洛的小男孩小女孩会在每年的最后一天三五成群地走上街，这些从四面八方走来的孩子们有时竟也能聚成游行队伍那样的规模，他们所以走来街上是要挨个地去敲地主家的门，还边敲边喊一句“不请吃就捣蛋”。

有些人家依然恪守着淳朴美好的传统习俗，每每听到这些穷孩子们的敲门声，他们会慷慨地打开家门，将杏仁、核桃、栗子、无花果干等一些小吃分发给孩子们，这些靠敲门得来的零食简直就是孩子们的盛宴啊。

每到一年的这个时候，还有的家庭会专门为孩子们制作美味有趣的蛋糕，小小的白雪般亮泽柔软的蛋糕被做成了小鸟等动物的形状。

很多孩子在和大人们讨要零食时会高唱“不请吃就捣蛋”之歌，他们要用美妙童真的歌声唤起大人们的爱心。以下是我们摘录的部分歌词：

要不要请我们吃零食？
那些又多又美味的零食，

足够我们吃上整整一年。
一年呀哟一星期，
我年复一年地站在你门前，
我可是知道你家有多少美味，
何不与我们共同分享它们？
我可是知道你家有多少美味，
何不与我们共同分享它们？
你可知道就在八天前，
那天是救世主诞生的日子啊！

唱罢，如果房主人仍没拿出零食来给他们，生气的孩子们就会边走边唱道：

你不请我们吃零食，
明天一定要你好看！

这就意味着，那些拒绝给予孩子零食的家庭，将在新年的第一个清晨里看到自家门前那因曾经的“吝啬”而被送来的“报应”。

丧葬

一个人咽下最后一口气后，他或她的四肢并不会当即开始僵硬。但随后，令人心碎的事就会发生了：逝者的双手开始疲软无力，这显然比任何言语都更快地释放出了“此人已亡”的噩耗。旁人会把亡者的双臂交叉放于胸前，并用其双手蒙住自己的脸，自此便没人再能看到那往昔亲切的容颜。

失去配偶的寡妇和其他亲属一起在另外的房间失声痛哭着。那屋门窗紧闭，严禁一切明火进入。

逝者的家庭需要在其死后的两三天内避免一切象征生命的物品出现在家里。大家谁也不能生火做饭，沏茶喝水。煮咖啡和沏茶都会被视为是对死者的大不敬。在地方习俗中，女子到别人家中做客是可以喝咖啡的，男人还可以喝葡萄酒。努奥洛民风淳朴，女人在公共场合饮用葡萄酒被认为是大逆不道之举，因此努奥洛女人对咖啡可说是到了几近狂热的地步。遵照习俗规定，家中有人去世时不能烹制热食，但来客拜访又不能失了礼节，这可如何是好？灵活地对待习俗使得人们总能找出折中的办法来，这使得丧葬期间的饮品较于节日而言甚至有过之无不及呢。亲朋好友乡里邻居都会登门吊唁，他们也给主人送来了早饭、中饭和晚饭，这些善举为逝者家人所铭记，待到人家需要时也将同样慷慨相助。

真正的平民家庭会将灵堂设在厨房里。妇女会在丈夫死去后换上借来的守孝服。逝者去世的噩耗在亲友熟人间传播开来，这些人也就陆续前来登门吊唁了。

吊唁拜访的时间不宜过久，有血缘关系的亲戚可以略微待得长些，通常也会将到访的男宾女宾们分开。

女宾要换上特定的大衣，并用绷带在身上绑牢。平时穿在里面的束衣，这时要穿在大衣外面，她们会席地而坐高声唱着亡者生前的种种事迹。

亡者的妻女姊妹和一些专以哭丧为职业的女人是歌颂死者的主要力量，她们即兴创作的本领可是一流的。

只有等祭司到来时，人们才可以移动死者的尸体。这时，哭丧妇们会提高嗓门，以使挽歌听起来更加如泣如诉令人动容。有时候人们还会让死者为自己代言：

说说你的故事吧，
这样也好安心上路。

这是我们唯一能找到的让死者自己诉说的哭丧曲。这些曲子都是由一些文化水平不高的妇女临时创作而成的，由于她们不识字，无法将唱过的挽歌记录下来，所以很多丧曲就渐渐失传了。令人感到遗憾的是，没有一首努奥洛地区的曲子能够在整个撒丁岛流传[①]，而其它地方总会有一两首流传较广的歌曲被撒丁岛的民俗学家收集起来编撰成册，供世人分享。

---

① 我曾试图请一些努奥洛妇女帮我们回忆、转录一些哭丧曲，可是无论给多么优厚的报酬，她们都不愿做这件事。——原注

哀悼仪式的结束意味着整个葬礼也正式结束了,衣服的颜色需要随之做出改变。

葬礼后数日,富裕的家庭会烘焙些面包布施给穷人,这些面包也因此得名为"生命面包"。没有条件做面包的家庭也会将自己负担得起的东西拿去施舍。

努奥洛的守丧风俗真令人闻风丧胆!

早先时候,丧偶的寡妇必须穿上脏兮兮的外衣,衣服不够脏的还要特意用烟熏黑才行。寡妇在守丧期内要一直穿着这件脏外衣直至衣衫褴褛为止。

如果死者生前是神甫,这位神甫去世后,他的侄子们也要和守丧的寡妇穿戴成一个样子。此外,努奥洛的守丧期往往会持续很多年。

现在的寡妇们已经穿得干净多了,不会再像早先时那样脏兮兮的了,但她们终生仍然只能穿着黑色衣服,不能戴婚戒和其它任何首饰直到去世。当然,寡妇改嫁后就不必再如此了。

富人家里还会发给亲戚们一些黑色绷带,人们不能随意使用这些绷带。

家中仆人不论男女都要为主人守丧,所需钱财则由主人家负责。

除了遗孀必须穿黑色的衣服外,对于其他亲戚并不会做强制的要求。

与逝者最亲的亲人会身穿大衣并绑上带子,而后再将束衣系好,这便是守孝的基本装扮,还有人会脱去鞋袜穿上绿边短裙以表示自己正在孝期。逝者的母亲姊妹及其他女性亲属都要将束衣外穿并用绷带绑紧。绷带是守孝的基本象征,除绷带外,黑色手帕也是必不可少的守孝用品。

根据远近亲疏不同,绷带的颜色也会有相应的变化。有咖啡、土黄、明黄等各色的绷带，通常是用泥土或藏红花直接染成的，而纯白色的绷带是留给守孝的孩子们专用的。

寡妇守丧多年后也可以换成深咖或其它颜色的绷带，或是换上一条带有黑边的灰裙子。

为父亲守丧要长达七八年的时间，而努奥洛最短的守孝时间，如为远亲守孝，也至少需要两年。很多人还会为自己过世的好友穿戴孝服。

男子婚后会把胡子刮掉，但在守丧期间可免去这一行为。守丧期间的男人要穿着厚重的大衣，并将风帽低戴压过眼睛。丧偶的鳏夫余生也要穿着黑色的衣服。

守丧期间逝者家里应避免一切节日庆祝活动，不能进行任何祈祷，也不可以制作糖果点心和节日蛋糕。当然，活着的人还是会继续着他们各自的生活，美食或多或少总会做一些的，但这些只能在私下里悄悄进行，这是努奥洛众人皆知的“秘密”。守丧期间女人要避免出入人多的公共场合，更不用说去参加盛大典礼了，节日欢聚和娱乐活动自然也被排除在外了。那些族史悠久的大户人家更注重传统的守丧风俗，他们严格恪守着守孝的种种习俗禁忌，常常数年门窗紧闭，任由墙壁斑驳脱落也不去重新修缮装饰。

在如此严苛的守孝习俗下，努奥洛的女人无疑是家中最大的牺牲者，她们中的很多人在枯燥悲惨的生活中度过了人生的花样年华，一些妙龄少女甚至因此成为了“不能结果的花儿”。

最后补充说明一下送葬的环节：将死者送往墓地安葬的这一路，是不允许家属送他们的亲人上路的。

招呼与祝福

努奥洛人在街上相遇，彼此间最常用的打招呼方式是“您刚才在哪儿啊”或问“您要去哪儿啊”。回答起来也就是简单的一句“就在这儿啊”或“我就到这儿来”。

将视线转移到室内情境，我们会发现，大家问候的方式又有不同了。早晨相遇时，人们习惯问候别人一句“早上好”，傍晚时会说声“下午好”，至于夜晚就要问句“晚上好”了。送祝福时人们会对彼此说“祝您健康”或“圣母玛利亚万福”，对方应回应一句“衷心感谢”。回到家中，进门时就可以问大家：“你们在干什么呢？”家人也常常是很随意地回应说：“我们在这儿待着呢。”

询问对方身体状况时，大家会用法语问：“您怎么样啊？”如果碰巧在别人家见到自己的朋友，则会说一句“你也在这儿啊”，就算是跟他打招呼了。

告别时如果有人说了句“再见”，另一人要回应道“后会有期”，也可以回答对方“上帝与您同在”或者“上帝与您同行”。

喝葡萄酒时人们会举杯高呼“致敬”，节日里大家还要再说类似“长长久久”等表达美好祝愿的喜庆话。饮酒后需将酒杯放回托盘，这时众人会一起祝福来送托盘的女人，祝她“早日找到如意郎君”。这位女士通常会谦虚温婉地感谢大家，说“但愿如此”或“一切随缘”。

每逢佳节都是普天同庆的美好时刻。“愿年年有今日，岁岁有今朝”，这样年复一年的单调感慨并不会使欢乐的人群感到厌腻，大家还是一遍遍一年年地重复着这发自内心的祈盼。

犯人从监狱里刑满释放重返社会时，人们会鼓励他道：“又是一条好汉！”对于收到的一切亲切祝福，有一句永远完满万能的回应，这就是：这是上帝的旨意。

施　舍

努奥洛地区那些家庭条件不大好的年轻人，会主动祈求牧羊人施舍给自己一只羊。这些穷小子要来牲畜可不是为了果腹，而是想要饲养它们。通过向各方祈求，这些曾经的穷小子也渐渐拥有了属于自己的羊群，渐渐地，他们也可以吃穿不愁甚至发家致富了。

努奥洛的有钱人会在每周六进行布施。每逢重大节日，有钱的地主和富农还会杀牛宰羊，将牛羊肉送给邻里乡亲中生活困难的人。这些牲畜是“为生灵万物而牺牲的”，也算是行善积德了。

穷人们通常会以“一切为那炼狱中的灵魂”的名义去请求他人的施舍，接着又以同样的名义感谢布施者的慷慨解囊。受到布施的穷人们会说：“上帝会偿还您的好心。”施予者则回以“福泽生灵万物”。

节　日

圣安东尼节在每年的一月十七日，这一天到来时人们总会在住地附近或自家庭院里点起熊熊篝火。事实上，这里提到的圣人安东尼并非帕多瓦的圣人安东尼，努奥洛人将帕多瓦的圣人安东尼与本地的一位隐士安东尼搞混了。人们坚信这位隐士安东尼能够保护动物幼仔，所以努奥洛人也会把小动物们叫做“安东尼的儿子们”。此外，隐士安东尼还能预知火灾，并能阻止火灾的发生，而且还能帮助人们找到丢失已久的物品。这位圣者不仅受到努奥洛人的崇拜，他在整个撒丁岛上都广受欢迎。

马莫亚达镇[①]也有一个十分特殊的节日，在这个节日上，人们会用橙子树叶将整个教堂装饰起来，还用数量众多的橙子堆成小山并在顶端放上篝火的支架。熊熊篝火在小橙子山上燃烧，游行队伍也不停下，只是围着燃烧的橙子山转圈。附近很多村庄的人都还保持着做甜点庆祝节日的风俗传统，尤其是著名的“帕纳塔糕”。这种糕点以苹果和面粉作为主料，第一期的《意大利传统民俗》杂志的《颂歌》章节中曾有过介绍。

---

① 马莫亚达镇(Mamoiada)：意大利努奥洛省辖下的一个市镇。

其实，对于圣安东尼节，努奥洛人却一点也不感兴趣，他们不堆橙子山也不做甜点，只会在节后的一星期内点着篝火祈祷许愿。要是有人不慎摔到了篝火上那就不好了，为了使他早日康复，人们会向隐士安东尼许诺，保证今后年年为他燃起篝火。

因此，也就有了后续这样的聚会。邻近村庄的男女老少聚在一起，大家围在篝火旁唱啊跳啊，谈情说爱直到夜深。

属于努奥洛人的重要节日，是每年八月六日的救世主节和九月二十一日的感恩圣母节。但话说回来，这两个节日并没有什么特别值得一提的特色。这两个节日都需要持续地庆祝三天，在这三天里，附近村庄的人们会聚集到努奥洛来。不论路途远近，到访的人们总要带来点好东西，如榛子、果仁饼、甜食、水果、马刺，还有马嚼子之类。关于感恩圣母的圣母像还有些相当神秘的说法。据一些老人说，这感恩圣母的雕像是真正的血肉之躯，往壁龛里安放圣母像时一定不要碰到周围的墙壁，否则上帝就会降怒于人间。如果扛着圣母像四处去游行，就少不了要天降暴雨、电闪雷鸣了。1893 年，撒丁岛遭遇了多年不遇的大旱灾，人们干渴难耐，无计可施，只得搬出这感恩圣母的雕像，抬着她四处去祈雨。后来，那天就真的奇迹般地下了雨。尽管只是些零星的雨点，却给人们送来了希望。同年还发生了一件奇事，感恩圣母像上的珠宝遭了窃，小偷一直都没有逮到。后来竟是被一个三岁孩子指认出来，而且这孩子竟然是小偷的亲生儿子。

人们每年都要庆祝很多的节日，其中大多数都与宗教信仰有着不可割裂的联系，因此整个意大利都会共同庆祝这些节日的。

节日中最为气派的，也最深受贵族们喜爱的，是安康圣母节。人们会燃放烟火，还要举办比赛，讲经布道。修道院的院长们要在节日前夕挨家挨户地去化缘，以求能得到一二枚钱币的施舍。若是换作其它节日，这项重任是由修女院的院长们承担的。在九天的祷告期间，修道院和修女院要准备咖啡甜点和美酒来款待忙活了一天的神甫和唱诗班的成员们。九天里每晚都要做这样的准备。

在九日敬礼每日的游行中，官职最高的修女院院长应负责扛起队伍中的大旗。九日敬礼的最后一晚，修道院和修女院的院长们会齐聚一堂，等待着命运的安排，因为这晚将会抽签选出下一年的院长，结果将在次日公布。新上任的院长要继承上帝赋予的使命，直至这年的任期结束。庆祝节日所需的费用主要是由那些乡绅贵族负责承担的，他们掌有关键的权力，也应履行相应的义务。

要说努奥洛最具地方特色的节日，首推的肯定是那些民间节日，如耶稣升天节、圣阿加达节[①]、圣赛巴蒂安节[②]等。

修女院的院长们也会在这些民间节日前挨家挨户地化缘，同时还邀请各家主人在节日那天带上妻儿老小一起来和大伙儿庆祝。愿意前往的家庭需要送给修女们一点麦子，所有收集上来的麦子都将用来制作面包和浓汤。有一种浓汤被人们称为“上帝之纱”，是专门在民间节日时享用的，它丝滑细腻得如同被层纱覆盖着一样。

节日当天，家家户户都会聚集到一个固定的地方，大家会聚精会神地做弥撒，然后再一起热火朝天地准备饭菜共进午餐。

富裕的牧羊人还会无私地把自己的羊送给大家享用。节日的盛宴上有肉有汤，还有“上帝之纱”和新鲜的奶酪，实在美味至极。所有食物都是受到上帝的保佑与祝福的。此外，人们还相信“上帝之纱”能够有效地治疗疾病，因此病人们也会趁这个时候多喝几口以期早日痊愈。但是光顾喝汤可是不行的，还要满怀虔诚，就连祈祷词都要用努奥洛当地的土话念才行。

---

① 圣阿加达：古代女圣人，公元 300 年殉道。天主教会规定每年 2 月 5 日为其瞻礼日。
② 圣塞巴蒂安：罗马圣人，中世纪时期被尊为“免于鼠疫的主保”。公元 300 年殉道，据说他是被很多箭头射死的。天主教会规定每年 1 月 20 日为其瞻礼日。

午后过去傍晚到来，余下的面包和浓汤会分给前来庆祝节日的各家人，当然他们也少不了要多摊些庆祝活动的费用。有些人家的活动预算有限，所以也只能拿到一小部分的面包和浓汤了。

在这些民间节日中，最重要的当属耶稣升天节了。这个节日还有个古怪的传统：弥撒结束后，教堂只会开放一个出口，所有人无论贵贱都要从这里走出去，临出门时每人都会得到教堂施予的少许面包和熟肉。

瓦尔韦德圣母节常常在乡下庆祝。关于这位圣母的雕像也有一个神奇的传说：据说她是不能被从壁龛里面取出来的，就算取出来她也会自己恢复原位。瓦尔韦德圣母节常在复活节后的第八天，而对圣母的九日敬礼却又在九月份举行。我们在下文中还会对此做详细解释。

过圣阿加达节时人们得捐些钱和麦子来筹备弥撒，然而这些钱就不必给修女院的院长了，因为筹划圣阿加达节是当地权势家庭的特权与义务，这也是一种世代沿袭的传统。收集到钱与麦子后，家族里的女人便开始忙着做面包了，打算参与庆祝活动的家庭都要派一名代表前来帮忙。另外，还要请一位神甫到家中来为新出炉的面包送上祝福，这些受到了祝福的节日面包会被平分给各家各户。不单是面包，人们还会在节日期间做一些面粉丸子，它们的大小和灯笼果差不多，做熟后同样会被受以祝福，人们相信这些丸子是圣阿加达的乳房。狂风暴雨的夜里，只需向外丢一粒这样的丸子，便能够止住暴风骤雨。这圣物可以平息上帝的愤怒，在雷声隆隆时特别有效。

圣露琪亚节[1]来临时，人们会专门制作一种厚饼，饼上用手指

---

① 圣露琪亚：意大利西西里岛圣女，公元 304 年殉道。天主教会规定每年 12 月 13 日为其瞻礼日。

戳了很多窟窿，这些窟窿象征着圣女露琪亚空洞的眼眶。这种"露琪亚厚饼"也是恩赐之物，可以预防和治疗眼疾。

复活节，也就是圣周六之时。钟声刚刚敲响，空气中便回荡起震耳欲聋的礼炮声和孩子们兴高采烈的欢呼声：

"不要理会那些犹太人，上帝万岁！"

复活节期间，家家户户都要做些带锯齿边的咸味薄饼，薄饼里面常加入奶酪和藏红花。此外，大家还会做一种鸡蛋小人，小人的脑袋是个鸡蛋而身体却是婴儿的样子，他的背上还粘有三颗杏仁。努奥洛人在复活节期间常常互赠羊肉或猪肉，以及鸡蛋小人。教堂的神甫会在这个时候到各家各户举行祝福仪式，大家也会向圣水中投掷银币表示虔诚，最后在神甫随身的行囊里塞上一块面包一点好肉作为对他的感谢。

万圣节来临时，人们会做些小点心来庆祝节日。这些点心里会有不少坚果：葡萄干、杏仁、核桃和榛子等，将这些坚果捣烂后混合在葡萄汁、面粉、甜水里，就能做成小点心了。

稍微高级一点的点心还要在上面撒些糖粉。除去上面那几种常吃的坚果，也有往点心里加松子仁的。

亡灵节[①]的特备甜点比其它节日的点心小了不少，还都被切成了更小的小块。它们依然要用葡萄汁调味，但无需经过发酵，所以会更加香醇。人们往往在节日的前一天就开始准备点心。

亡灵节的夜晚一到，神甫们就背上行囊，拿着小铃铛，挨家挨户去化缘。人们会将面包、水果干还有榛子核桃送给他们。

求得食物后，神甫们便聚在一起，高兴地大嚼特嚼。不远处，阵阵悲鸣的丧钟声里，他们用满满的食欲来展现对生命无私的大爱。

---

① 每年11月1日。

狂欢节期间，小孩子喜欢把自己化装成神甫的模样，这样更容易在沿途各家讨到好吃的[1]。

努奥洛乃至整个撒丁岛，都有这样一个景象：在一些古老教堂的周围，会有一些新建的房子，这是那些有钱有势的家族特意为自己选的地方，他们建这样的房屋是要用作休息室的。每年九日祷告的时节，这里都会分外热闹。在这些休憩室中，位置最佳、空间最阔的那间房子，是留给主持教堂里外事务的神甫歇息的。

九日祷告期间，人们最常去的几座教堂分别是：瓦尔韦德圣母教堂、奥特贝内山圣母教堂、圣方济各教堂、格纳莱教堂和马莫亚达圣柯西莫教堂。

其中，瓦尔韦德圣母教堂距努奥洛很近，但由于位置较偏，它总会让人产生一种莫名的悲凉之感。通常那些贵族家庭是不会到这里来的，反而平民百姓对这座教堂极为虔诚，他们是非常爱戴这位圣母的。

在奥特贝内山上举行的九日敬礼，是所有教堂中场面最为盛大、规格最为高端的。有钱的老爷和那些体面的人家都会选择在这里做九日祈祷。那些名门望族常常要在这里待上一个星期，表面是为祈祷而来，实际也就是到郊外来度假。

人们特意从市里赶去郊区教堂做祈祷，他们总不忘带些礼物来送给山上的老朋友。努奥洛人是讲究礼尚往来的啊，作为答谢，山上的朋友会邀请客人在家共进午餐或小住几日。

有时，在同一座教堂祈祷的人会共同搞个大聚餐。傍晚时分，大家找来树枝，在山顶上燃起篝火，一起围着火堆席地而坐，弹弹琴，唱唱歌，讲一讲传说，不知不觉时针就指向了后半夜。

---

① 每年的狂欢节大多始于一个周四。这一天，人们齐聚一堂，共享盛宴，孩子们会戴上面具到各家各户讨吃的，大人们会给孩子一些葡萄酒和香肠。——原注

格纳莱教堂与圣柯西莫教堂也是人们做九日祈祷常去的地方，很多人专程从遥远的村庄赶来。九天里，人们一起赛马、抽奖、办集市，还要同歌共舞一番。不过，这期间也会出现一些见不得人的勾当。

圣方济各教堂的九日祈祷是所有乡间教堂中最具特色的。由于这座教堂建在努奥洛市、卢拉镇①、奥鲁内镇②与比蒂镇③之间，有着四方毗邻得天独厚的地理位置，因此每逢九日祈祷各地居民都会聚到这里。当然，由此产生的对于教堂及圣人归属的问题，不同地方的人们也会进行着无休无止的争论。

努奥洛人说："圣人是我们的。"其它地方的人就会回答："不，圣人是我们的。"而事实上，圣方济各教堂的神甫和祭司们都是土生土长的努奥洛人。

前来祈祷的人们都不会空手而来，他们会带来数量庞大的麦子。麦子磨成面粉后可以做面条和浓汤，前面提到的"上帝之纱"自然是餐桌上少不了的。好东西要共同分享，大家会互相交换自己带来的食物。

每份食物都是受到祝福的，如果遇到拒绝去品尝的冒失者，我们的圣人可是会生气的。还有一处应该介绍，这就是教堂旁边的"新娘深渊"，它其实就是教堂边的一面悬崖。

据说，曾经有一位努奥洛新娘来圣方济各教堂参加九日祈祷，她不仅不吃圣餐，还认为大伙儿做的浓汤恶心无比，难以下咽。祈祷结束后新娘动身回家，起初她本好好地骑在马背上，谁知却突然鬼使神差地摔下马去，一落千丈。这位拒绝上帝好意的新娘便一命呜呼了，而教堂旁边的悬崖也因她而得名。

---

① 卢拉镇(Lula)：意大利撒丁岛努奥洛省的一个市镇。
② 奥鲁内镇(Orune)：意大利撒丁岛努奥洛省的一个市镇。
③ 比提镇(Bitti)：意大利撒丁岛努奥洛省的一个市镇。

每年五月，曾在圣方济各教堂做过祈祷的人们都要回到努奥洛去参加游行，这是一个不成文的规矩。

走在游行队伍最前面的，是扛着旗帜的教堂祭司与修道院院长。游行队伍刚进入人口稠密的市中心，圣玫瑰圣母教堂的钟声便敲响了。这一切都是以严肃庄重的固定程式进行的。

到达教堂后，所有的祈祷者都在马背上，孩子们也被放在了鞍前。这些人要骑着马围绕教堂跑三圈，然后再四散回家。他们的行囊里装满了果仁饼和杏仁糖，他们的内心充满着信仰和热情。

比蒂镇的奇迹节也是广受欢迎的一个节日。这个节日有些特殊，需要单独介绍。在节日期间，不同村庄的人们会组成各自的游行队伍，再扛着大旗来到比蒂镇的教堂前。他们要做的事情很简单，就是围着教堂转圈，每转一圈都要付半枚五里拉银币。

和撒丁岛其它地区的乡间节日一样，提起比蒂镇的奇迹节，不得不说说那些乞讨的人。他们会蛰伏在路边等着向过往的行人伸出双手，口中还时不时地念念有词。哪里有节日，他们就去哪里乞讨，有人徒步走去，也有人骑马赶去。

其他风俗

每天傍晚，努奥洛的男孩子们都要出门去唱歌。具体在哪儿唱歌，其实并无固定的地点。有时他们会站在心上人的窗前，有时他们会来到大街小巷随便某个角落。总而言之，哪里有姑娘，他们就在哪里歌唱。男孩们不大会大群大群地聚在一起，通常是这儿一群那儿一伙地分散着。努奥洛的夜晚就这样沉浸在他们古怪而又孤独的歌声中。

贝洛里尼在其专著《努奥洛民间情歌集》中曾写道：

“努奥洛的合唱歌曲一般需由四个人来共同完成：一人用标准声调唱主要歌词，其他三人配以和声。在彼此交织着的和声中，一人负责唱高音声部，一人用极富特色的喉音做低音的和声，还有一人则伴以假声轻和。

“这些歌曲的曲调常是一成不变地重复着的，有些和声甚至还显得有些聒噪。虽然每小节的最后部分偶然会有修饰音的出现，但下一节开始时就又恢复到原先的老腔老调上了。我们这里说的虽然是努奥洛地区的歌声，然而据我所知，其它地方也大抵如此。说实在话，这样的歌曲一点儿也不动听，对于没听惯的人来说简直是种折磨。至于要跟上它的节奏，就更是难上加难了，若不是从小就伴随这歌声长大的人，根本是不可能学会的。”

近距离听人们唱这些曲子时，你根本就不会觉得它哪里好听。男高音几乎将主声部的声音全部盖住了，除去第一小节外，很难再听到其它声部后续的声音了。可是你若远远地欣赏，便能听出它的曲调是多么哀伤、孤独、严肃、苍凉。透过歌词，听者似乎能够感受到努奥洛人那股与众不同的地方精神。高大的植物孤独地伫立于山巅，远处的山脊被斜阳的余晖染红了，一幅幅波澜壮阔又荒凉孤寂的画面浮现在脑海之中。而歌曲的演唱者们恰恰就是这样一群生性孤独哀伤同时又与世隔绝的人。他们用歌声倾诉着平日里被琐碎生活所淹没的情感，记录着质朴生活的点点滴滴，或许也憧憬着他们那卑微而可怜的向往与夙愿。努奥洛人也喜欢拿些舞文弄墨的古体诗来演唱，但总的说来，还是越新的作品越能受到欢迎。努奥洛的男孩们偶尔也会表现出很刻薄的一面，他们会在仇家的门口和一些名声不好的姑娘窗前唱些污秽下流的歌曲。

除了人声的清唱外，还可以找来手风琴演奏出配乐，不过也只有那些年轻人和手艺人才会使用手风琴。

努奥洛的农民和那些上了岁数的人都瞧不上手风琴，他们认为只有吉他才是体面人应该演奏的乐器。

单身汉们常在地上铺块席子后倒地便睡，“床铺”边上就是盛面包的篮子和做饭用的家什。如此一来，这些人倒有了“近水楼台先得月”的福分，随便抄起勺子或叉子就能吃上一顿饱饭。

能够为努奥洛的农牧民所接受和喜欢的图书大多跟冒险有关，如《法国国王与王后》、《小气鬼士兵》、《贝尔托多》等。

努奥洛的女人们成日里纺线缝衣，她们白天聚坐在家门口，一面说笑一面缝衣晒太阳。除了在家种一些蔬菜以外，努奥洛的女人很少外出工作，只在每年的麦收时节下地帮帮忙，或是做做葡萄采摘员这样的临时工。

女人们也有自己喜欢的诗歌风格，主要是那些民间歌谣。这些歌谣常常是她们自己填词并演唱的，我在这里就不详细介绍了，有兴趣的读者可以去翻阅贝洛里尼先生编写的《努奥洛民间情歌集》。

努奥洛几乎家家户户都是自己做面包，而做面包用的酵母却是从邻居那里借来的，这算是努奥洛的一个风俗。不过这可有个前提，那就是一定要记着还这份礼。

不单单是酵母，还有很多其它东西也可以去借，一般都是些有关生之大计的东西。巴尔巴加①的居民会到努奥洛来，用他们的栗子、土豆、榛子和一些自制的商品换走努奥洛人的大麦和麦子；努奥洛人呢，他们也会带上印度无花果和橄榄油到佛尼②去，向当地居民换些土豆和豆子回来。

不仅如此，努奥洛人之间也经常以物换物，每日付给雇工的钱可能就是一块奶酪和几罐牛奶。

在磨坊和榨油坊，如果没有现钱，可以将磨好的面粉或榨好的新鲜橄榄油留下一部分作为工钱。如果要榨的油很多，工作量很大，人们还要额外提供烧水的柴火作为补偿，此外还得负责其劳作期间的日常饮食。

努奥洛的农田和牲口均采用分益耕种制。农耕时节到来时，地主们会将牛轭、种子、田地等物资分租给农民。

农民在收到生产资料后，便开始开垦田地进行新的耕耘了。每年三至四月份的播种时节，他们就会收到地主给的一半工钱。

每年的收获时节，地主们有义务为自己的佃户增加一名新帮手，这个人的食宿花销也要一概由地主来承担。

---

① 巴尔巴加(Barbagia)：撒丁岛中部广袤的山地地区。

② 佛尼(Fonni)：意大利努奥罗省的一个市镇。

地主与佃户会将一年的盈利五五分成，不多不少，平均分配。

地主与牧民间的劳动约定就相对复杂了，横亘在他们之间的更是一种家族世代的关联。

地主，确切地说应该是地主婆，她需要给放牧者的妻子准备节日的礼物，尤其是在复活节与亡灵节期间。

而当牛羊产奶时，牧人的老婆则要盛装好这第一份收获，将之送到雇主的家里去。地主婆收下新鲜的牛奶和乳酪后，要在牧人妻子的容器中放回些许礼物以示感谢，通常是些杏仁和干果。

给羊群剃毛以及往牲畜身上打上主人的印记，是畜牧生活中最热闹的时刻。牧主人一大家子会四处招呼他们的朋友来他们的羊圈里，而且几乎要把方圆所有的放牧能手都请来帮助自己完成这桩盛事。

我们之前也讲过不少有关牲畜的迷信说法，可能还有一些没有涉猎到，但内容都大同小异，这里就不再赘述了。

果树嫁接的时候，农场主会专门聘请这方面的能手来帮助自己完成工作，此外他还会再另找些人来专门负责锯树。

果树嫁接的时节虽然算不得正式的节日，但的的确确也是乡下最欢乐的时光。人们先将选定的果树锯下一部分，之后在锯开的部位画个十字以求保佑，还要往上面放一片无花果的叶子。男人们劳动干活时，女人们则要负担起料理饮食的任务，牧民们也会时不时地赶着羊来凑凑热闹。果园的女主人忙着做可口的面包，还有那最受欢迎的葡萄酒，也会无限供应。每到饭点，壮实的汉子，丰满的女人，还有那些无邪的孩子，大家都盘上双腿，席地而坐，狼吞虎咽着。他们说笑着，讲些各自新近听到的故事，在琴声歌声和优美的舞姿中共同期待着好的收成。

然而夜幕降临时，一些仇家和恶人就会向新嫁接的枝条伸出罪恶的手。大伙儿忙活了一天的成果，也许会因此而毁于一旦，这样的事情在努奥洛屡见不鲜。

到了采摘葡萄的时节，葡萄园主也会发出类似的邀请。不同于那些会大肆庆祝的村庄，努奥洛人摘葡萄时就显得低调多了。他们相信，从生长到收获，葡萄树在耕种与修剪过程中所受的一切艰辛都会在其酿出的葡萄酒中为人们所体会。

努奥洛人常相互送些小礼物，最初是由于宰猪后要送给亲友们一点猪肉作为礼物。送肉时人们还会说上一句“您看这肉可刚被割下来啊”，意思是让对方赶紧品尝。

休闲娱乐

每年的最后一天，努奥洛的男孩女孩们都会围坐在一起，他们要在小纸条上写下自己心仪的对象或者某个未婚青年的名字，然后再将这些写好的纸条分别按照男女各放进一个口袋里，最后还要在这两个袋中各丢进一张空白纸条。准备工作完成后，就要在朋友们中间挑出相坐较远的两个人，请他们分别从两个口袋中各抽出一张纸条，并大声念出纸条上面的名字。被点到名字的两个人便是上天注定的有缘人，或许某一天他们将会步入婚姻的殿堂。

如果被抽到的两张纸条中有一张是空白的，那么另一张纸上的人无论男女都要孤独终老了，这是命运的安排。这个游戏的一大乐趣在于，凭借抽纸条凑成的对子常常会令人忍俊不禁，因为有的人会故意在纸条上写出一些大家公认的怪人，或是年岁已高的人的名字。

“铅卜”是新年伊始人们热衷的又一项娱乐活动。首先要找来一些铅块，数量不必太多，然后将铅块化成液态倒进清水里，一边倒铅水一边还要念着两个年轻人的名字。这是长辈们常要的把戏，他们会把他们认为般配的年轻人的名字说出来，请铅水来转达上帝的旨意，好看看这两个孩子是否真的合适。

人们也会在倒铅水时只说出女孩子的名字，然后根据铅水的形状来预测姑娘未来的丈夫会是个什么样的人。如果铅水呈锤头的形状，她的丈夫就会是个锁匠或铁匠；如果铅水像个犁头，姑娘以后很可能会嫁给一个农夫；当铅水显现出牲畜模样时，她就要嫁个牧民了。

“追逐的大麦”同样也是新年时人们的一种消遣。先往容器中盛满水，然后取两粒大麦丢进去。待大麦重新浮上来时，人们要指定好两粒，代表着一男一女，接下来用手指略微拨动一下水面，好戏就要开场了，大伙儿就等着看麦子之间的追逐了。此时，容器中的两粒麦子会时而追逐时而旋转，时而上浮时而下沉。有时候，代表女孩子的麦子会紧跟着代表男孩子的麦子，而代表男孩子的麦子则会拼命逃跑；还有时候，是代表男孩子的麦子对代表女孩子的麦子穷追不舍，围绕着她寸步不离。“两人”你来我往，好不打闹。

等到最后，如果两粒大麦安静地靠拢在了一起，就说明男孩和女孩会相爱并能结为终身伴侣。不过，多数情况下还是两粒麦子各据一方，遗憾地预示着他们会在未来分道扬镳。为了增加游戏的娱乐效果，人们常常会往水里放入三粒大麦，有时是两粒代表男孩一粒代表女孩，有时则是两粒代表女孩一粒代表男孩。这种两男一女或两女一男的关系，可是比之前的戏码刺激多了。他们互相争抢着，决斗着，悲欢离合就在这小小的容器中轮番上演。或许，那些正在生活中追逐着爱情的人们，会随着这些同病相怜的大麦而拨动心弦。相比之下，那些只图娱乐的看客们就轻松得多了，他们还不忘时不时地煽风点火，唯恐不够热闹。

保障会

那些来自努奥洛地区富裕家庭的男人们组织了这样一个群体，我们可以将之称为“保障会”。几乎撒丁岛的每个村子都有这样一个机构。所谓保障会，说白了就是一个保险公司，它有着可靠的章程条款和严密的管理制度。这便使我们更加有理由相信，对于这样的一个群体或机构，当地的政府是持默许的态度的。

每个保障会大约由四五十名成员组成，他们中的领导被称为“队长”，出纳则被称为“雕塑家”。能够担任该机构出纳的人一定是些家底相对雄厚的人，若非如此，就不能有足够的实力为他人作担保。几乎努奥洛的所有农牧民和各个庄园的园主们，都已在保障会里如实地登记了自己所占有的生产资料情况，譬如土地亩数或牲畜数量之类。不止于此，他们每年还要按照一定的份额向保障会交纳钱款，丰收后的农民还需要上缴部分粮食。

如果有人因不情愿而未能向保障会按时如数交钱的话，他会被追加更多的罚金，同时也不能享受到保障会的保护了。保障会的职责就是要保证那些交了款的农户的收成，并保护着牧民们的牲口使其不致遭到任何损害①。

为了能充分地履行好自己的职责，保障会组织起了巡逻队，负责在夜间对辖区进行巡察。他们时而骑马巡视，时而又步行搜查，身上都配备了刺刀与枪。

如果逮到有人正糟蹋别人家的粮食，保障会二话不说立即让犯罪分子赔偿已造成的一切损失。要是赶上保障会抓不到做坏事的人时，那他们就只能自掏腰包去弥补农户的损失了。谁家丢了牲口，保障会一定会第一时间派人去找，因为找不到的话他们就要按牧民的投保金额对牧民进行赔偿。如果牧民早于保障会找到了自己的牲口，在这种情况下保障会需要赔偿给牧民投保金额的一半。

按规定，保障会到了每年的年末都要进行年终的清算，看看过去的这一年里收获了多少粮食，赚得了多少现钱，而那些结余下来的钱就都由保障会的成员们拿去了。

在努奥洛人的心目中，能成为保障会的一员，真乃是无尚的荣耀。当然，保障会永远不会允许那些有犯罪前科的人加入其中。

在必要情况下，保障会有权力召集与号令群众，但它也要对这种公共赋予之下的权力负有绝对的责任。在地方上，保障会几乎与国家军队享有同等的权威，他们甚至可以在遇到反抗时先行开枪，或是逮捕尚在调查中的嫌疑犯。归根结底，保障会虽然是一个保险公司性质的机构，却已和政府的公安部门无甚分别。

外乡人。很多人从外乡来到了努奥洛，也有很多的努奥洛人到了外乡去。努奥洛人身在异乡时一般不会去住旅店，而是选择寄宿在自己的朋友家里。这可说是努奥洛的又一风俗了。出门在

① 曾经只要交纳了相应的款项，“保障会”还可以保证交款人的房产安全，保护菜园里的蔬菜不受损害等。——原注

外时住在朋友家，而当朋友远道而来时，也一定会把他留在自己家。所以，在努奥洛，只要条件允许，家里都会留有专门的屋子作为客房。

面包及其他食物

我们这里要说的面包是用麦子做的，与我们之前介绍过的大麦面包完全不同。富人家的仆人常吃的就是麦子打下来的秕糠。

想要做好白面包，就一定得多揉面团，要将面团揉得非常细腻才可以。正因如此，努奥洛的女人会使用一种专门的木质容器来帮助完成揉面工作。这个木质容器通常应该被放到地上，而不是桌子上。然后将面团放进容器中并用膝盖去揉面，这样做是为了增强揉面的力道。由于揉面的人身高不等，木质容器会有多种规格可供选择，个子高的人选高一点的容器，个子矮的人用低一点的容器。将揉好的面团等分成份，再在上面撒一层薄薄的面粉，然后将之放入专门的篮子中并用粗亚麻布包好，这是醒面的环节。这块用来蒙面的粗亚麻布也是有些讲究的，布要长约四米，再要有三个手掌的宽度。它是努奥洛户户必备的生活用品，谁家要是有一张以上的这种粗亚麻布，就说明他家的生活条件相当不错。

醒好面后还要再继续揉面，这时就需要多人通力合作了。首先，要有一人用圆形锤头不停地砸面团，要将面团砸出泡来才能使之更加柔软。接着，其他人再去揉被砸过的面，要将面团揉得光滑圆润大小一致，最好统一成直径四十至四十五厘米的圆球状，然后将这些圆球状面团放回竹筐再撒层薄面粉。努奥洛人有个不同于其它地方的发面习惯，他们不喜欢在面上盖布而是要撒上一层面粉。巧手的主妇可以用半斤面粉做出五十来个黑白面包。接下来的工序就和做大麦面包一样了。特别需要注意的是，这种面包不能对折，因为烤好后面包会呈鸽子形状，内里雪白而外表略微焦红，美味可口的同时放上一个月也不会发酸。若面包太硬掰不动，还可以洒上点水，不过，洒了水的面包就放不了那么长的时间了。

“奥奇耶里面包”也是用面粉做的，相比其它面包来它要小很多。不需要烤至焦黄，面团熟透后便可从烤炉内取出，在表面洒上温水后再次放回烤炉中，待到水分都蒸发净了面包也就做好了。此时，面包表面好似被刷过油漆般光鲜透亮，吃起来口感也非常细腻，要是刚出炉趁热吃，会更加香软味美。但必须说明的是，这种面包可不是寻常人家能享用得起的。

过节时人们会制作雕花面包。

雕花面包其实来自意大利本岛，面包周围是小刀切成的锯齿状，面包表面还雕刻着各式的花纹图形，极富神秘的东方意蕴。做雕花面包一定要使用极细的面粉才可以。

除去小面包外，努奥洛人还会制作一些大面包，二者在方法步骤上其实并没有多大差别。

“撒丁岛面包”是所有面包中最具当地淳朴气质的，但与其说它是面包，还不如说它是种点心。和面的人需要用恰到好处的手劲将面粉、鸡蛋、油和糖均匀地揉在一起。揉好的面团不会很大，接下来就要开始塑形了。人们也许就简单地捏个“O”型，或将两个“O”捏在一起成个“8”型。稍微复杂一些的，就将三个圆圈连在一起，并在连接处放上一枚刻有玫瑰浮雕的银色纽扣。另外，在把面包放进烤箱前，一定要先将烤炉烧热才行。

这种面包的和面方式和那些要用葡萄汁和面的面包一个样。

我们在其它章节中曾介绍过人们在婚礼和节日庆典上食用的面包。有关介绍请参照相关章节，此处不再多说。

狂欢节时，人们还会做“炸面团”、“炸奶酪”、“蜜油饼”等小点心。在点心的制作上，要特别注意掌握好火候，如果做成功了，这些小点心是会非常好吃的。

狂欢节点心中最常见的要数“炸面团”了，那些稍微精致点儿的饭堂都会提供这种点心。

做“炸面团”首先需要发面，一定得用细面粉才行。在面粉里打入鸡蛋，掺进两三个经过细腻研磨的土豆，再倒入少许的香醋和牛奶。将混合好上述材料的面放进容器中密封好，并在旺火旁边醒上几个小时。接下来的步骤需要两个人完成：一个人将醒好的面团分成小份并揉成各式形状，另一个人将处理好的面团丢入沸腾的油锅里煎炸，并不断地翻转面团以使整体受热均匀，千万注意不能炸糊了。吃的时候最好趁热，可以直接吃，也可以蘸着蜂蜜吃。

“炸奶酪”则是往小块的面饼里塞入干奶酪，然后再一同上油锅炸。

“蜜油饼”其实就是一块简单的炸面团，无需添加任何其它食材。将“蜜油饼”蘸上蜂蜜热腾腾地吃下去，口感最佳。

制作“软面包”时，需要将面包掰成小块儿用水焯一下，捞出后就着擦成粉末的干酪和细腻喷香的西红柿酱一起吃。

“炸面包”则是将已经烤好的面包在由鸡蛋、面粉、牛奶配成的汁里裹一下，然后放入锅中用橄榄油炸。

努奥洛人非常喜欢吃奶酪，还经常把奶酪包在面里做成饺子。

在努奥洛花样繁多的点心中，我们必须说说“杏仁饺子”。这道点心非常特殊，首先要将杏仁烹至熟透，再用面皮把熟杏仁包裹起来，最后把这“杏仁馅”的饺子放进猪油里炸至金黄。

努奥洛的“蜜汁苹果”也颇有特色。将苹果与蜂蜜一同烹制，十分香甜可口。事实上，几乎所有的水果都能被努奥洛人用糖和蜂蜜做成甜点。

“橙皮蜜饮”也很有名。主要是将擦碎的橙子或柠檬皮加入杏仁和蜂蜜一起熬煮。

努奥洛的烹饪风格与撒丁岛其它地区差异明显，跟意大利本岛更是有着天壤之别。努奥洛人做饭时不喜欢加入香料和大蒜，汤汁用的也很少。目前，有关努奥洛的烹饪艺术在民俗研究中鲜有涉及。

在努奥洛，人们做饭时最常用到的材料是腌肉和橄榄油，这一点倒是很像西班牙人的烹饪风格。没有奶酪时人们会在面包上涂些橄榄油或者撒点盐来代替，刮下一片腌肉来就着面包吃也是人们惯常的吃法。收成不理想的年月里人们会将面条炒着吃，这样吃可以更加抵饱。过平安夜时还会有人用一种核桃酱来拌面条，但这种吃法并不常见。在烹调习惯上，人们不仅喜欢使用腌肉、蚕豆和土豆作为食材，白菜也常被用来当作配菜。干奶酪是努奥洛人最喜欢的佐食小菜之一，还有一种咸味的凝乳也备受欢迎。

努奥洛人几乎不知黄油为何物，做饭时更不会将之作为食材来使用。黄油在当地算是奢侈品。

还有两道菜也很值得我们关注。第一道是面疙瘩，主料分别为：细面粉、清水和鲜奶酪。只不过，这里的面粉不是小麦面粉，而是大麦研磨的面粉。这道菜的历史可以追溯到古罗马帝国时期，古罗马人会在婚礼上用这道大麦面疙瘩宴请宾客。面疙瘩只需用盐和腌肉简单调一下味就可以吃了。

大麦面粉还可以用来做面饼，用橄榄油炸透后直接食用即可。

这两道以大麦粉为主料的佳肴只是努奥洛普罗大众的主食，那些贵族老爷们是不会吃这些的。

有人生病时，家里人会用鸡蛋的蛋黄与白糖一起均匀地搅拌，然后将拌好的蛋黄倒入咖啡或牛奶中让病人服下。这种“药”被称为“神奇的鸡蛋”。

在其它章节里面我们已经提过，努奥洛人对于咖啡有着非同寻常的喜爱，甚至到了近乎狂热的地步。

在努奥洛，乳牛奶酪做好后，一般需要在火上再烤一下。烤好的奶酪会被切割成小块，这种干奶酪在意大利本岛也是非常珍贵的食材。努奥洛人对待牲畜幼崽可谓温柔有加，他们会抱着极大的耐心和爱心为小牛小羊带上穗带，再将其好好地打扮一番，还会给小马驹装上缰辔和马鞍，甚至还专门给它配上一位“小小的骑士”。

努奥洛人并不是天天都有肉吃的。一般来说，普通人每日的主食是大麦，再搭配些蔬菜和豆类一起吃，作料上也只有盐而已。尽管饮食上十分简单，可努奥洛的男人个个身强体壮，女人也从未患过营养不良。现在，人们也慢慢把玉米粉做成的糊糊当作主食来吃了。这道来自意大利北部的菜品，很有可能彻底改变努奥洛人世代流传的饮食习惯[①]。

努奥洛人最常用的餐具是从巴尔巴加的商人那里换来的木制小勺。和其他撒丁岛人一样，努奥洛人对于叉子不大热衷。

曾经有个自以为是的努奥洛人大放厥词，他声称自从人们发明了叉子后，大伙儿就再也吃不饱饭了。

除了木制小勺，努奥洛人的厨房里还少不了木制的砧板，几乎对所有食材的处理都要在这块木砧板上进行。这块决定着全家生存大事的砧板，一般被固定地安放在厨房正中的四块大石之上。

前面说到民间谚语时，遗落了这样的一条：肉体挨饿，灵魂愤怒。

---

① 除了面包，努奥洛人的主食还有浓汤和面条。——原注

服 饰

就整个撒丁岛而言，努奥洛的传统服饰无疑是款式最多变、搭配最漂亮的。毛呢、天鹅绒和红毡毛，这些常见的料子在努奥洛主妇们的巧手下魔术般地变成了极具欣赏价值的美丽服饰。毛呢是由民间手艺人手工制成的羊毛衣料，制作毛呢时用的就是努奥洛本地产的羊毛。妇人简单地将羊毛纺成线后，就要专程去奥列娜和多尔加利[①]请那边的手艺人帮忙编织，努奥洛地区并没有这样的能工巧匠。事实上，就连将羊毛制成纺线的技艺都快在这里失传了，只有那些上了年纪的女人还能完成这道工序。

努奥洛男人的衬衫较短，大概只到齐腰的位置。用来制作衬衫的布料都是十分结实耐穿的。

衬衫被设计成大开襟的式样，在靠近领口的位置还会用针线缝出褶皱。领口是整件衬衫的重中之重，一些高级男士衬衫的领口花纹需要裁缝们手绣数月才能完成。

普通衬衣的领边约三四厘米宽，领上镶有两枚玫瑰雕花的银质纽扣。

---

① 多尔加利(Dorgali)：意大利努奥洛省的一个市镇。

努奥洛人穿的厚外衣通常都是用红毡毛做成的。外衣的前襟和两袖有湛蓝色天鹅绒布做的里衬，袖子、腋窝到手腕的部分均采用了开口设计，这样是为了能露出衣袖手臂上部的绉泡。手肘以下的袖子则采用纽扣设计，好能将开口处的两片衣料扣在一起，但人们一般不会使用普通纽扣而是用半里拉的银币代替。整件外衣都用深红色的带子做滚边，上部分则全部用土耳其蓝天鹅绒做里衬，前襟对开，一边是扣眼另一边是纽扣。外衣的长度很短，大概只到裤腰的高度，努奥洛的很多女人也都穿着这样的外衣。

撒丁岛的粗毛呢很有名，努奥洛人也爱穿粗毛呢的裤子。裤腰大致在腰部以下一掌左右的位置，裤脚还都用红毡毛卷了边。很多努奥洛人的衣柜里会有条白色裤子，这裤子和他们的衬衣一样都由结实的布料制成，裤腿宽阔，还特别在膝盖处用毛呢缝出了褶皱图案以增强膝部的耐磨性。

努奥洛人的皮带大多是黑皮质地，外表包裹一层丝质的带有手绣金线花纹的布料。有钱人家的公子哥还会在皮带上挂一个用同样工艺制成的腰包。

无论严寒酷暑，努奥洛人总得披上件大衣再出门。大衣是用黑色毛呢制成的，里面是黑色天鹅绒的里衬，外表绣着美丽的花纹，长短适中且带顶风帽，整个款式看上去显得优雅高贵。

牧羊人不常穿这种体面的大衣，他们喜欢穿一种无袖的里面有羊毛内衬的长皮夹克。这样的装扮让人不禁想到古罗马雄辩家西塞罗说过的“那些穿着皮衣的大盗”，事实上西塞罗所说的“大盗们”恰恰正是来自撒丁岛的牧民，不过这位雄辩家也确实有着污蔑撒丁岛人的嫌疑。数千年过去了，撒丁岛的牧羊人如今依旧穿着这种黑色皮衣。

体面一点的农民会选择用彩线缝制的糅皮质地的衣物，再带上些许配饰作为点缀，非常美观大方。

努奥洛的传统便帽与整个撒丁岛的帽子在风格上是一脉相承的，只是稍稍宽了一点而已。

努奥洛人的靴子都被打上了铁钉，十分牢固。不过，也有人会嫌它过于沉重而去找些轻便的鞋子穿。

在努奥洛，女人都是光脚而行的，男人则得穿鞋出门。

总体而言，无论是衣着鞋袜的款式还是在对衣料的选择上，努奥洛的传统服饰都与意大利北部以及法国普罗旺斯地区在十五、十六世纪时的服装风格有相似之处，而那条白色的阔腿裤则带有明显的土耳其风格。

浪漫的手艺人、美丽的少年和一些有艺术气质的人们往往对真皮大衣无甚兴趣，他们更加青睐假俄国羔羊皮的无袖夹克。学生们不爱系皮带，也不好好地绑扎靴筒，就任由靴子那样耷拉着。教堂的祭司们常穿着半截的袜子，非常有特色，也很容易辨认。

传统的努奥洛女装相对就要复杂多了，光是款式就让人眼花缭乱。

人们会在婴孩的襁褓外裹一层印第安风格的包巾。这是努奥洛人生命中的第一件传统服饰。孩子们长大后，也要和大人一样穿上特定的传统服饰。

努奥洛的女士衬衣也很短，但布料会相对薄一点。前襟对开，背部还会开个小口子。衬衣的领口较低，穿上后领口的绣花会和人的脖子贴合起来。

在缝制衬衣的刺绣针法中，“心式针法”是较常见的一种。人们常用此法在衬衣领口袖口的褶皱处刺绣图案。“心式针法”是将大片布料折叠后穿针过线，经过这样的拉紧从而缩小了衣料的面积，缝出了褶皱并留下美丽的心形针脚。它的确是一种既美观大方又方便实用的缝纫技巧。

想要编出变化多端的精美图案，要有阿拉克涅[①]的超凡技艺才行。在这尺寸之布上竟需要无数次地穿针引线，而“心式针法”的针脚竟细密得好似一颗颗爱心相连，又如朵朵小花在布料上欣然绽放。在简便的“心式针法”基础上还演变出了“七心针”和“九心针”等高级针法。说到领口的设计，要数“花穗镶边法”最值得称赞了。用这种方法在领口缝制的扣眼，其镶边犹如饱满的花穗，造型生动独特，令人印象深刻。而负责完成这道巧夺天工般的手艺的，只是纺织姑娘手上的一根银针而已。

“心式针法”主要用来做衬衫手腕部位的收紧处理，处理手臂位置时也会偶尔使用。而一些精细考究的衬衫还是要被送到奥列娜和多尔加利去找当地专门的刺绣能手来制作。光是刺绣的加工费就可能高达十六里拉。

女士外衣的款式与男士的相差无几，而且同样的优雅精致。外衣内有棉衬，还有土耳其蓝色天鹅绒做的里子和红色缎带做的滚边。将前襟对开，再把身后侧腰以下的位置做成大褶皱。女式外衣的袖口和男士外衣的一样，也给衬衣手臂上的绉泡留了空间，扣眼的缝制均使用蓝色的丝线。在穿这种上衣时，里面通常要搭配一件无袖束衣，若能用彩带再将肩部装饰一下，更会有锦上添花的效果。束衣也是对开襟设计，底部的两个小钩子是为方便在适当场合时能够将束衣扣上。

女士衣物在面料的选择上极为宽泛：天鹅绒、缎子、丝绸、棉绫等都能拿来做衣服。几乎所有的衣服都用红色的缎带镶了边。束衣的种类也很多，有简单普通的常见款，也有将胯部侧缝并与背部接合成弧线的式样。弧线的连接处并不是靠针脚处理的，而是用

---

① 阿拉克涅(Aracne)：希腊神话中的一位凡人形象。此人编织技艺高超，但傲慢自骄目无法纪，在与女神雅典娜的编织比赛中因妒使坏，从此被天神雅典娜变成了会纺织的动物——蜘蛛。

纽扣将其别具一格地连接了起来。这种很有设计感的束衣是少女们的心头所好。有些衣服虽然名为束衣却应该穿在外面，已婚妇女就经常这样子打扮自己。总之，不论是上述的哪一款束衣，穿起来都会显得非常漂亮，当然价格也会是相当昂贵的。有的束衣是用古老的绢丝制作而成的，有的则用金色的棉绫制成，还有的是缎子做的，上面还用金丝绣着美丽的花朵。无论选择哪个材料制作，都需要去店里称重购买。另外，所有束衣上都装饰着金属镶边的玫瑰花。

努奥洛女人也常穿着半身的裙装，多数用深咖色的粗毛呢制作而成，穿上身会感觉十分厚重。裙子采用大摆的设计，增强了整体的优雅感，也一样地用深红色的缎带镶了边。裙子的内衬是用红毡毛做的。

无论在家还是外出，女人们的日常装扮无外乎是衬衫束衣和半身长裙，最多外面再披件长罩衫。她们还总是光着脚不穿任何鞋子。衬衫的宽大袖子是一种标志性的设计，但在日常生活中，为了防止行动不便，女人们会用束衣的肩带将袖口挽起来。

偶尔需要出远门时，她们还要在里面再加件束腰长袍，外面也会披上厚一点的大衣，其实这新加的里外两件主要是在冬天防寒时穿的。有一点我们曾在前文中提到过，无论冬夏，出门还是在家，守丧的女人总得里里外外都穿戴整齐才行。

有的女人还会为自己特意准备一件有绿镶边的浅灰色粗呢束衣长袍，也有人束衣长袍是白色镶边的。说实话，努奥洛以及撒丁岛其它地方的传统服饰都是经过改良的，不少富家少女的穿着打扮更是走在了潮流的前面。以束衣长袍为例，据努奥洛的老人们讲，原先所有的女式束衣长袍都是用红毡毛裁剪的，上衣也都是天鹅绒的质地蓝线的镶边，前襟一律是银扣子。有特定身份的人或出席特定场合时，她们身上的饰品也是非常低调谦虚的。然而现在，这些传统服饰和穿戴风格都或多或少地发生了改变。

女人们一般会用块黑色或咖色的手绢当作头饰，有时也会往头上系发带。

守丧期间或身处教堂的女性，是一定要佩戴发带的。发带可以是羊毛的，也可以是丝质或纱质的，尺寸一般为一米长三十厘米宽。想要将发带缠好，可是需要技巧的。发带要恰好缠在额头上部，这不仅是能绑得最为固定且持久的部位，而且还能露出女子额头上那漂亮的发髻线。然后要经过上浆或涂抹蜂蜡将发带固定住，绑头发时一般需要缠绕两个来回，这时可能还会剩一段发带垂下来。平常在家时任其搭在后面就行了，出门时就要将剩余的发带对折好，再经颈部绕到脸颊的另一边去固定住，这样也刚好可以遮住下巴。守丧的女人甚至得用发带将整个脸遮起来，只能露出眼睛和鼻子。人们常用的是没有任何花纹的白色发带，守丧的女人则用黑色发带。守丧女人浑身上下都得是黑色的，这一点我们在前面的文章中已经介绍过。如果绑了发带，就一定要穿上大衣。

除了常见的束衣长袍穿着方式，努奥洛女人还有一种极为特殊的穿法：首先，还是将束衣长袍正常穿好。因为束衣是对开襟的，扣好腰部的钩子后就要用左手拿住长袍的右下摆并将其搭到左肩上，超过肩部的下摆则甩到背后去。同样，再用右手拉住长袍的左下摆并搭到右肩去。这样一来，原本仅是用作镶边的彩带便在胸前搭成了一个“V”字，被甩到背后的下摆则自然地随着脊柱与腰线垂下来了。天气寒冷或刮风下雨时，女人们还会将长袍整个拉上去遮住自己的脑袋。

努奥洛人对曲线玲珑的宽胯情有独钟，因此女人们总不止要穿一件束衣，新娘出嫁时更要层层叠叠地至少穿上三件，三件的花边还都要错落有致地露出来才好看。

新娘出嫁时，束衣一定要穿在外衣的外面，需将外衣完全罩在里面才行。最外层的罩衫一般都是棉制的，胸前绣出了花纹并用布带打着蝴蝶结。镶有珠宝的腰封绝对贵气十足，它是整个新娘嫁衣的压轴之笔，能够勾勒出迷人的腰线，而那些还未出阁的少女是不能佩戴腰封的。这样的婚礼盛装也常常需要再搭配上发带。此外，绿色的束衣只有在守丧期间才能穿在里面。

多年前，努奥洛少女为父亲守丧时和现在的新娘子们打扮得很像，还有一些老处女们总爱将自己打扮得和已婚妇女一个样。

守丧期间的外衣绝不能选择红色的，红色的束衣和衬衫倒是可以穿。

在乡下，刚刚开始守寡的女人必须将束衣穿在外衣外面，这同出嫁的新娘穿法一样，此后的若干年里她们都要这样去打扮。寡妇们的外衣会裁剪得很贴身，束衣必须是黑色天鹅绒的，罩衫要棉布的，所有服饰都必须是黑色的。

以上我们所讲的大多是努奥洛女人出席活动时的正装，平日里她们也穿着普通的日常衣服。一条彩线镶边的半身布裙，束衣也要穿回里面，出门时也不会再披上罩衫。在教堂等庄严场合，身穿罩衫是种很不得体的行为。此时还应确保束衣胸前的钩子是扣好的，全部穿戴必须是整洁得体的。事实上，从前的风俗还规定了女人只能在自己的家里才能解开束衣的扣子。

现如今到处流行着一股奢华之风，这也深深地影响了努奥洛的传统服饰。有些束衣和半身裙的价格简直令人匪夷所思，光是一些半身裙的刺绣加工费就能做好几件精致的外衣了。

束衣和手绢上都应该有绣花，大衣的内衬也得用极细腻的高级天鹅绒做才行。

对于那些穿着体面的男士，他们的妻子女儿我们就姑且称为“贵妇人”吧。

已婚的贵妇们可以戴着手套和手链，举一把香扇或阳伞，这些饰品都是穿着粗呢裙子的村妇们想也不敢想的。

有些村妇最终也能飞上枝头变凤凰，靠着嫁给有钱的男人而将自己打扮得与贵妇一个样。那些有钱人家的小姐们，如果其母只是普通人家的出身，哪怕她们身穿最美丽的衣服，也是不能戴漂亮帽子的，无奈这般也只有等到出嫁后才可以去戴那些钟情已久的帽子。

和一般的束衣不同，寡妇的束衣是有袖子的，但不是开口的设计。寡妇的对开襟束衣长袍有个更为形象的名字——小披风，披风的下面可以穿件红色粗呢黑色镶边的束衣。尽管穿着红色，外人却完全看不到，因为外面的黑色罩衫会将束衣胸前可能露出的红色遮挡得严严实实。

寡妇不能佩戴首饰，就算是婚戒也是不可以的。

寡妇穿衬衫时，领口处的纽扣也得是黑色的。

为父亲守丧的女孩也不能佩戴饰品，不过她们还是会用银线穿根牙签做成耳环的样子，或用黑色丝线在脖子上绕一圈就当戴了项链。不论是男士还是女士的外衣，腋窝至手腕部分都会有一个开口，从手肘到腕部又用一串银纽扣将开口重合起来。在纽扣的设计上，少女的外衣往往有着简约的风格，两三颗扣子就足够了，而其它外衣上则会钉有六至十二颗数量不等的扣子。

已婚妇女对首饰是极为狂热的。她们的双手戴满戒指，衬衣领口镶着金纽扣，袖口镶着银纽扣。就连她们祈祷用的念珠、十字架或圣币，也全都价格不菲。就算头上缠了发带，她们也要再戴对昂贵的珊瑚耳坠子。

贵妇们会在发带上别个胸针之类的金质饰品，她们有手链要戴手链，有项链要戴项链，有手表的也一定要再戴上手表，全部一个不落！都戴好后，还得穿条合适的半身裙来帮助映衬它们才行。

相比之下，女人们的发式就简单多了。将头发从中间分成两拨编成麻花辫儿，然后再用发夹将辫子固定在脖子后面就可以了。很多努奥洛女人喜欢戴宽檐的帽子，因为努奥洛人认为稳重的女人是不应该露出额头的。一些年纪稍长的女人还保留着从前人们戴过的宽檐帽子。相比今天的女式帽，这些传统帽子要更宽一些，也更尖一些。由此也可以看出，从前的女人并不需要编辫子，她们只要在头顶稍下方将头发拧成一把再绕起来就可以了。现在人们称这种发式为“希腊式”。

人们习惯在婴儿的襁褓外再盖上一层紫色镶边包巾，而在受洗等庄严场合，他们还会特意为孩子裹上一层红毡毛蓝镶边的包巾。有人说这种包巾源自于西班牙的头纱，从款式风格上看确实是有几分相像的。

第三辑　黛莱达书信选

这是一段尘封百年的往事，这是一场无关风花雪月的情感

天赋异禀的文学少女同她远隔海峡的人生伯乐近二十年的书信往来

文学与信仰，孤独与坚守

黛莱达文学生涯的发展轨迹可以在这里寻到踪迹

她那不为人知的内心世界也在这里徐徐揭开面纱

1891年5月24日[①]

尊敬的先生：

正如您将要读到的那样，在这封信里我仍要表达对于您的感激之情。感谢您一直以来不厌其烦地阅读着我的文章，哪怕它们已被我分成了极为琐碎的小段落。我想再次对您表示感谢，感谢您还记得我，感谢您看重我更胜于他人。给您去信真的花不了几个钱，这点请您无需担心。为了向您证明我离破产的边缘还很遥远，就随信给您附上了我的一份新书稿。如刊物上有未安排之版面，请帮我刊登在《图说天下》[②]上，再将刊登的大致期号告诉给我以便我去购买，毕竟囊中羞涩无法期期都买。如这般你来我往，我俩也算是相互帮助了。

---

① 这封信以及本书中收录的其他信件，全部是黛莱达写给意大利著名记者、评论家斯塔尼斯·芒卡(Stanis Manca)的。斯塔尼斯·芒卡1865年出生在撒丁岛萨萨里省，1916年卒于意大利米兰，他是黛莱达文学道路上极具影响力的一个人物。这些信件的写作时间从1891年一直跨度到1909年，从这些信中，我们可以窥见一个文学青年、一个女人的内心世界。——编者注

② 《图说天下》周刊作为《天下论坛报》的副刊诞生于十九世纪末，创刊号发行于1890年1月6日。与《周日邮报》、《意大利画报》共同成为当时意大利最受欢迎的读物。每期《图说天下》均有16页，首页与尾页邀请画家作画，并采用彩色雕版印刷。

我还要感谢您对于我未来文学道路所给予的祝福。一直以来您都在给我真诚的鼓励与厚爱，我也深深地希望那些曾被自己耗费的时间与经历能在未来换得个好的收获，而不致白白地成为一场浪费。在这里请允许我就像对一个无话不说的老朋友那样告诉您一个小秘密：其实，从来没有人真正地支持过我帮助过我，哪怕只是一丁点儿。尤其在撒丁岛，一直以来我的身边只有我自己，一直以来我都是一个人在坚持。倚靠着我的愿景，倚靠着我的耐心，哦还有，这说出来可真是让人脸红，还倚靠着我的那一点儿小小的勇气。

现在，时代变了。向我伸出援手的人越来越多，尽管都是些来自岛外的友人，但你们却真正帮助我走上了崭新的道路，我的梦想终于能够开出漫山的花朵。如今，我的同乡们终于也和与我隔海相望的你们一样，祈盼着我能够在未来的文学道路上成就一番大的作为。然而这一切的一切，都是您的功劳啊！现在，我别无所求。我常想到您曾施予我的恩惠，因而非常愿意与您进行坦诚的对话，和您分享过的愿望也远远超过其他任何人。是语言让我得以完全自由地向您倾诉我的无穷感谢。

我已经收到了您的来信和《图说天下》，非常喜欢您的那篇关于撒丁岛的小文章①。最后，再次向您表示感谢！

您最忠实的格拉齐亚·黛莱达

1891年5月24日，努奥洛

---

① 斯塔尼斯·芒卡《蓝色大鼻子》，刊登于1891年1月25日《图说天下》周刊的“周日故事版”上，是“撒丁岛系列”中的一期。——原注

1891 年 6 月 9 日

尊敬的先生：

一收到您的信我就立即回复了，因为害怕您会因没有回信而感到无聊，况且迟迟不予回复也有失礼貌。您不仅为我重新写了信，还耐心地等待着我的回复。我在上封信中将您称呼为我的朋友，我知道其实我们算不上相识。对此您不仅没有生气或感觉受了冒犯，反而在信中表达了对我的欣赏，这着实令我感到受宠若惊，其实我也知道自己并没有像您说的那样好。至于您对我提出的那些真诚的建议，在此我表示万分感激。您的建议于我是弥足珍贵的，丝毫不会令我感到难堪，更不会觉得枯燥，关于这点敬请您宽心。我太了解所谓枯燥究竟是何种滋味了，维克多·雨果曾说过："哀悼的本质就是枯燥"，对此我是有切身体会的。我的笔端常常创作着种种有关自信的故事，好像我便是个充满自信的人似的。可事实上我深知，若是没有这份包围着我乃至使我无处可逃的枯燥，没有撒丁岛上这一成不变甚为单调的蓝色生活，我将失去拿起笔来进行创作的根本动力，就更谈不上现在还能收到来自大海彼岸的您写给我的信了。请您相信我，对于什么是枯燥，我的的确确领会得深入骨髓，所以……

所以我认认真真地读了您的《撒丁岛杂记》，现在终于完全明白了您所说的“我的脑海中不断浮现出你的模样，而不是其他人的”。我的资历尚浅，一切才刚刚开始，您的这番话令我倍感惭愧。我的文章几乎都是围绕撒丁岛而写的，这里的习俗、风景以及人们的感情，没有人能够比我更加了解。我曾对您说过我感到很惭愧，这是我的真心话。我必须对您坦诚相向，从前我所写的撒丁岛故事都是真实发生过的。真实的场景、真实的人物，这种种的真实就长存在我十六年的幻想之中。

您曾对我说过，“开始创作撒丁岛外的场景与故事时，千万不要将撒丁岛忘记”。如果我说了请不要惊讶，您并不是第一个以温柔的语气这样告诫我的人，您也不是第一个给予我的文学天赋充分肯定的人。我曾向很多人展示过自己的创作才能，但每每至此也总会有人公开地指责我质疑我。曾经的我一次次高声地回击着这些指责，然而现在，我却在极力地讨好着周围的每个人，甚至讨好着那些质疑过我的人。我只想请他们告诉给我当地的一些风俗，我也好将这些记录下来，将来如果有机会还想要公开出版。当然，前提是您还愿意继续提供给我这难能可贵的机会，如果您还能耐着性子读我写的文章的话。我看了您写的《撒丁岛杂记》，也给您回了信，信中我向您袒露内心，从而也更加坚定了自己的信心。我曾向您保证会按照您的意愿继续执笔，但我也曾发誓，再不会去写那些发生在自己周围的事情了。一切能在撒丁岛上找到原型的人物和故事我都不想再去涉及。我将继续那些新的尝试，而我的小说也将不再以撒丁岛为背景，我的人物将是一些来自其它地方的人。虽如此说，故乡毕竟对我影响重大，我也不可能完全逃开她，或许我还会将真实的景物融进小说里，但那些英雄人物肯定又是另一种风格了。再后来，尽管他人对我在《蔚蓝之中》里描绘的撒丁岛褒奖备至，我却开始沉下心来研究自己的书稿，也开始仔细研究人们对那些著名作家作品的评鉴，当然这里也包括人们对于我的评价。我深知自己不愿与其他同龄的女孩一个样，可我虽然充满激情，却也有着和她们一样的缺点。我也在慢慢地努力着，并试图从点滴之处开始改变着自己。现在，可以说我已在文学殿堂里拥有了一席之地，因此也终于能够微笑着面对那些曾令我无比疼痛的过往了。是的，我已然能够笑对人生，在这条自己已认定的道路上继续奔跑与奋斗。大家为我鼓掌，向我脱帽致敬，并鼓励我继续向前。现在我也终于可以解开心结，重新去描绘撒丁岛的一草一木了，终于能够放下那些曾让我痛苦不堪的愤怒与不甘了。

新寄给您的这篇文章就是我最新的尝试，故事是完全真实的，只不过比较罕见罢了。

现在不会再有人感到愤怒，也不会再有人感觉受到侵犯了，因为我所描写的那些人与事是在撒丁岛上随处可见的。我倒是期待着会有这么一天，故事里的主人公给我寄来一封感谢信，感谢我将他的故事公布于众。

您的文章、您真诚的来信和中肯的建议，让我对我的同胞们又有了全新的认识。说老实话，他们曾一度让我感到羞愧。在此之前，我正压抑着内心的愤怒继续描绘着撒丁岛上那神秘的树林和山谷。曾经，我想将这些故事命名为《乡间孤独》，但我所描写的仅仅是能从自己房间望到的山丘而已，那只是些日日可见的普通景色，完全不像那些意大利半岛的、俄国或苏格兰的壮美山河。其实这些故事中的屋舍与人物大部分是我道听途说来的，我很怕自己终究没有机会去亲身感受一下。

我甚至从未跨越过撒丁岛与意大利主岛之间的那湾海峡，我只在梦中和书里遐想过那处美景，也曾担心此生只落得个在海岸边的紫色礁石上眺望之命运。我想如果真能去到其他的信奉耶稣的城市转转或住下，这不仅不会让我忘记故乡撒丁岛，反而能使我更加深刻地感受到家乡的温暖与可爱。那一望无际的碧绿将会在我的脑海中日渐清晰,我的笔触将更加生动逼真,有关撒丁岛的一切都已深深镌刻在我的脑海中挥之不去了。撒丁岛太美了,这里天空湛蓝,这里山林常青,这里村落静谧,阳光的照耀为万物笼上了一层薄薄的金纱。这样美好的生活只有一个缺点,而这缺点又恰是致命的,那就是:枯燥。枯燥的环境对于一个艺术家的命运来说注定是悲情的,这枯燥能够抵消掉一切鼓舞人心的作品与理想,而后再加上百倍的孤独与沮丧!然而这撒丁岛式的悲伤却无人能懂,大家只顾沉浸在那时时变幻莫测的景色描写之中。曾经,只有一位远方的友人一语道破了个中的痛苦:在撒丁岛生活久了,聪明人也会变笨的。

他说得简直对极了!远处浅灰色的山脊能够关闭人的灵魂,也能在最聪明的大脑里罩进一层令人变痴的奇特薄纱。我们的讲话习惯和方言,让我们很难用意大利语表达清楚自己的真实想法。就拿我自己来说,如果我不在这里和您絮絮叨叨地说这些,您可能根本无法理解我为何总觉得写短篇故事比描述传说更为容易。我也认识些意大利主岛上的女人,她们能用标准动听的意大利语滔滔不绝地说上好几个钟头,却连一封简短的信也写不出来。

哎呀,我已经离题太远啦。请原谅,其实我给您写这封信就是想要告诉您一些我对《撒丁岛杂记》的看法。回到我之前所说的话题上,我现在决定去尝试一些新的小说创作,不打算完全局限在撒丁岛的环境里。如果万能的主和仁慈的圣母能够给予我机会的话,我打算最大程度地尽自己的绵薄之力去实现这个理想。如果您能继续阅读我的这些新近拙作,并能帮助我出版刊登的话,我将感到无尚荣光(已经写好寄给您的书稿与我在这里所说的并无关系,那些还是遵照了从前的思路,特别静候您的佳音)。您可以看看我的新尝试,并告诉我您的意见。至于已经寄给您的稿件,我认为是充满撒丁岛风情的，都是一些已在当地广为流传的故事，我只是稍微将其加工了一下而已。新写的这则故事说的是努奥洛周围的山林中有一些山洞，这片山林恰好是属于“我”父亲的，据说在其中的一个山洞里住着一位穿着金色粗布衣服的老妇人，她负责看管洞中的那些金银珠宝。虽然“我”从未亲眼见过老妇人，但“我”却对她的存在深信不疑，村里的其他人也和“我”一样因为害怕遭到诅咒而不敢前去一探究竟。人们都说，如果有谁进到老妇人的山洞里，这个侵犯者就会在一年内暴亡。您看，这就是撒丁岛上一则流传甚广的传说，请您相信我，我可以很好地将这则传说与前些日子发生在邻村奥鲁尼的那件怪事完美地结合起来。

我好像说得太多了，但我也确信您不会为此而生我的气。相信这封信不会令您感到空洞乏味，因为我在信中提到了很多个人的真实想法，还有关于我在文学创作上的一些解释。您完全可以通过这些文字看清我目前的兴趣所在。在此，衷心希望能够借着向您说的这些心里话，抹掉您曾对于我这位真诚而年轻的朋友的“界定”——只认为我是个会写作的女人。是的，我是女人，我也有这样那样的缺点。对于一个普通女性来说，像我这样地去给一个从未谋过面的男人写信，是件多么不可思议的事情啊！然而这对我来说又算得了什么，还能有谁会指责我什么吗？不，没有人！我们都是艺术的子民，对于彼此我们是坦诚相待的。最后的最后，请允许我向您致以最亲切的祝愿！

您最忠诚的格拉齐亚·黛莱达

1891年6月9日，努奥洛

1891年6月18日

尊敬的朋友：

既然您愿意收到我的信，那我就再动笔给您写一封，尽管您曾说过我可以不回您的短信。对我而言，给您写信实在是这世间最简单而又最快乐的事。对于您的每封来信我都尽力做到认真回复，不知这样能否报答长久以来您所给予我的慷慨与友善。我不知如何感谢您的好意，或许，我至少可以给您寄去一束美丽的鲜花。此时此刻，那些花儿也正在六月的阳光下散发着阵阵迷人的香气呢，撒丁岛的漫山遍野都绽放着这样的鲜花。对，正是那让您无限向往的撒丁岛呢。罗马的鲜花与这里的鲜花并无半分的相像，撒丁岛的鲜花深受青青绿草给予的厚爱，是远离家乡的游子们朝思暮想成的美丽。您是否也和他人一样对这鲜花有着别样的情怀呢？我想我应随信向您表达我最真诚的谢意，同时送上些许撒丁岛的干花略表心意。此外，我还想告诉您一件事。就我看来，努奥洛应算是撒丁岛中北部劳谷多罗地区的第一城市，它统辖着周围其它的几个市镇，如巴尔巴加和马尔基内。当然，努奥洛是属于劳谷多罗的。既如此，那萨萨里[①]又算什么呢？关于这点，坦白说，我也曾一度搞不清努奥洛与萨萨里的关系。现在，我想我明白了。萨萨里是劳谷多罗地区重要的港口城市，是阿尔盖洛、奥奇耶里等港口城镇的中心；而努奥洛，则是其它小村镇的中心，这些村庄的所在地虽被称为“黄金之地”，其实不过是徒有虚名罢了。为此，我也得再次向您表示感谢，因为有您我才能更好地了解关于地理方面的一些知识。因此我又想把我那篇文章的标题改成《努奥洛》，而非原先的《劳谷多罗的首府》。其实文章里也是在说“努奥洛是劳谷多罗地区的一个小城”，如此而已。

我给您寄去了我的拙作《蔚蓝之中》，希望您能以一颗宽容之心抽空读读它。当您发现其中不完善的地方时，请您务必悉心指点我。当然，那些印刷上的错误就不必算在内了。要知道，这本书已经出版两年了，其中描写的仍是一群希望吸引周遭注意的、行为举止幼稚无比的小人物。记得它刚出版时，曾在撒丁岛上引起了不小的争论。加鲁拉[②]的读者说我写的一位主人公有阿尔多故事的影子，觉得我冒犯了他们，这一度令他们大为恼火。而其中的几首小诗倒也让我收获了不少的赞誉。

书评人强・拉斐里尼[③]曾在马尔凯大区的一份报纸上说，因为我故事中的主人公是个十二三岁的孩子，所以这本书属于儿童读物，而我本人只是个小学教师罢了。对于这种“评价”我真是不敢苟同。

您给我的阅读建议让我实在难以拒绝，那就请给我寄一本罗

---

① 萨萨里(Sassari)：撒丁岛北部重镇，曾为劳谷多罗地区首府。

② 加鲁拉(Gallura)：意大利撒丁岛东北部地区的统称。

③ 强・拉斐里尼(Gian Raffaellini)：出生年月不详，评论家、出版人。

德[1]先生的书吧。科伦比女侯爵[2]的所有诗句我都已经烂熟于心了。

随信附上我新近写成的一则撒丁岛故事,这则故事曾经真实发生过,就在前些日子的奥鲁尼,故事的梗概与事件基本一致,细节上都已经过我的处理了。在我的这则故事中,凶手最后没有回到自己的村子,主人公的名字也被我换掉了。

在这信的最后我得告诉您,您向我提出的建议丝毫不会令我感到枯燥。您对于我的信心与褒奖我都一一接纳,并感到十分受用。关于您在信中说到的,"就算是萨萨里最有教养的姑娘也不及我博学和聪颖,她们甚至不能很好地表达自我",这样的说法着实令我感到惊讶。这太奇怪了,不是吗?萨萨里的姑娘们一定也有着自己的家庭教师,她们也肯定会常常一起学习讨论。别忘了,她们可是生活在更加平等的天空之下啊。较之我所处的环境,她们显然是生活在文艺气息更浓厚的地方,她们真应该比我更博学、更聪慧呀。而我,我却只读到了小学四年级而已。我不知这究竟是为何,我也不相信萨萨里的姑娘们会故意浪费掉自己大好的机会。难道是由于太忙而没有时间努力学习?又或是害怕向公众展现出她们傲人的一面,而没有勇气去摆脱掉那层束缚着智慧的面纱吗?我无从得知,我只知道我所受到的一切褒奖和赞誉都是实至名归的。因为一直以来我都孤军坚守在文学的战场上,如果有人关注这方面,他们的目光也一定都会投向我。我知道还有两位女士也在进行"撒丁岛生活"这方面题材的创作。在这里请恕我直言,当她们选择采用诗句创作时,就已经迷失在了路的开端。尽管其辞

① 罗德(Édouard Rod,1857—1910):小说家,出生于法国,后加入瑞士籍,代表作《生命的意义》(Le Sens de la vie)。

② 科伦比女侯爵(Marchesa Colombi,1849—1920):是玛利亚·安东涅塔·托利亚尼(Torriani)的笔名,意大利通俗小说作家、女权主义者。

藻无比地华丽优美，但对于一个优秀的女作家来说，仅有这些是远远不够的。说到这里，如果您喜欢，下次我会把自己写的几首小诗再寄给您。不过总共就那么几首，还都是用手稿写就的，尚未出版过，基本上是出于友人的诚邀而作，估计您是没有时间读这些小儿涂鸦般的小诗的。

再次对给您造成的打扰表示抱歉，请收下我的祝愿吧！

您最亲爱的朋友格拉齐亚·黛莱达

1891 年 6 月 18 日，努奥洛

1891年7月2日

尊敬的先生：

您寄来的物品我都已经收到：罗德的书，两期《图说天下》，还有您最新的一封来信。在此我向您表示最衷心的感谢，感谢您对于我文稿的耐心修改。您的修改不会让我产生丝毫的不快，只要您认为不妥的，您大可放手去改。对于他人的指正我从不怠慢蔑视，相反我非常乐意地听取，愿意改正自己的错误。有时候，人真的需要等别人明确指出时，才能意识到自己原来做得并不够好。有识之士所给我的任何意见，我都会虚心接受并时刻想着改掉缺点。因此，在这里我请求您的不吝教导，希望它们能助我在文学创作之路上走得更远。其实，您应该比我更加了解我的不足，对于您曾给予我的全部宝贵意见和帮助，我只有满心的感谢。

在此我附上几首自己的诗作。其中的有些句子可能还比较幼稚粗糙，甚至会出现不大通顺的地方。但请您看一下写作日期，这些诗是我十五六岁时的习作。您会感到惊讶吗？可我之前已经向您介绍过不少自己从前的经历了，估计您不会对此感到奇怪的，对吗？

在给您寄去的这些诗作里，最新的一篇是我两个月前写就的，我在那首诗的末尾加上了“终”字。这次就先给您寄去这么多，如果日后还有机会，我会再写首篇幅长些的。很抱歉一直这样打扰您，希望您能够原谅，这里送上我最诚挚的祝福！

您最亲爱的格拉齐亚·黛莱达

1891年7月2日，努奥洛

1892 年 3 月 21 日

我最敬爱的朋友：

在去年九月三十日这天，您曾问我有没有什么想问您的。现在，终于轮到我向您发问了：难道您忘记我了吗？

事实上，自从《撒丁生活报》登出了我的简介和照片后，我给您去过两封信，但均未收到您的回复。这是为什么呢？难道我的哪句话曾无意间冒犯过您？那您至少也该让我知道，这样我也好向您致以我最真诚的歉意呀。但我觉得原因不在于此，往常那些给您去的信中，我也曾有过挑衅似的言语和那些看上去风马牛不相及的表达，可您从未因此而生过我的气。我总是想把最真实的自己展现给您，第一时间与您分享我最新的想法与思考。您应该知道我的脑袋里能装下多少稀奇古怪的想法吧！好吧，还是说点别的吧。诚然我还只是个小孩子，我那掏心掏肺的诉说却只能换来您这样可怕的沉默，或许有一天，我的琐言碎语最终会使您彻底愤怒。

想来应是如此。由于您认识很多人，有着很多的朋友，导致您无暇一一顾及。尤其是我，处在那样遥远角落里的我。您看是这样吗？所以我从未奢求过您能将我当作您的熟人或老友，更不奢望自己能以那样的身份而劳您为我费心。我只希望您能像对待其他作者那样对待我，一位来自撒丁岛的女作家——格拉齐亚·黛莱达。请您莫要将我冷落，也别吝啬对于我的帮助。不知我是否表达清楚了我的意思。随信附上新创作的四则撒丁岛故事，它们都是由真实的事件改编而成的。或许您会找份好报纸将它们刊登出来，可我还是衷心地希望它们能登在您的《图说天下》里。若真能如此，即便您不回我的信，我也能知道您还依然记得我。

请告诉我，您读过报上对我的《撒丁岛之花》的评价了吗？那些批评家们各执一词，说什么的都有，可就是缺乏共同的见解。您知道吗，有份报纸甚至让我去尝试写写社会小说！

至于撒丁岛当地的报纸，那简直就是把我捧上了天。只有卡利亚里的一份教学报对我还能有些严厉的评价，同时又没有丝毫的夸奖①。写这篇评论的教授对我可真是严加苛责啊，不过我倒也觉得挺有意思。

我并不想将时间浪费在关注这些评论上，否则我真要好好地向他们讨教讨教了。可是生活是多么变幻莫测呀！就在夏天的时候我还给您写过一封信，信中跟您提到了那时的我对于成功与名气的种种向往。啊！可是现在呢，我已经开始改变了想法，甚至连我自己都会哭笑不得地去鄙夷当初那个幼稚的幻想。或许对我来说，一切都来得太快了。我想，此时此刻您可能会对我说：其实，一切都还没真正开始呢。

现在的我已经不用再和《撒丁生活报》置气了，您知道这是为什么吗？因为他们已经把自己原先的主编赶走了。若非如此，我是绝不会再给那份报纸任何文章的。现在的《撒丁生活报》的主编

---

① 黛莱达所说的这篇措辞严厉的评论是指刊登在《教学回响报》(Eco Didattico)1892 年 3 月 28 日的一篇无署名的评论。后来，在 1892 年 5 月 15 日这天，这份报纸还刊登了黛莱达的《读撒丁岛诗集有感》。

是萨塔·塞米德伊律师[1]，他是个有教养且值得尊敬的人，我相信在他的领导下《撒丁生活报》一定会越办越好的。

之前给您写过一封信，不知您有没有收到。我在信中问过您邓南遮[2]什么时候会到撒丁岛来，他写下过关于我的故乡的只言片语吗？您还能想着回答我的这些问题吗？

好了，值此末尾我还有个小小的心愿：我们之间总是互称尊称，这让我感到不太舒服。尊称是一种很模糊的称谓，偶尔我们也会以此来称呼父母，我并不喜欢用它。不如就让我们以“你”互称吧，这多少会给人带来全然一新的感觉，这样一来我们岂不是成了最要好的朋友了！希望您能喜欢我的这个提议，要是您觉得这样不妥，那我们就还保持现状好了。只不过，每当看到尊称的字眼时就会使我感觉非常可笑，仿佛我已是个上了年纪的女人一样。

您能答应我这个小小的请求吗？

那么这次就先写到这里吧，我得匆匆结束这封信了。现在的我该出门去了，走到山谷中去散散步，更要在美丽的花丛中和湛蓝的天空下愉快地徜徉一番。不过，如果您不反感的话，改日我还会再找时间给您写一封更长的信。

到此为止了，请您务必记得我，在此送上我最诚挚的祝愿！

您最亲爱的格拉齐亚·黛莱达
1892 年 3 月 21 日，努奥洛

---

① 萨塔·塞米德伊是十九世纪卡利亚里的风云人物，黛莱达曾在 1893 年 5 月 2 日给塞米德伊写过一封楚楚可怜的信，信中黛莱达写道：“请帮帮这位渺小的女人吧，她将自己的全部能量与经历都奉献给了撒丁岛，只为有一天世人都能了解它，为之欢呼，为之着迷。或许这是奢求，那么至少应该让海那边的人们知道它，哪怕换来的只是嫌弃也是好的。”——原注

② 邓南遮(1863—1938)：意大利著名诗人、小说家、剧作家、民族主义者。

1892年6月1日

我亲爱的朋友还是我亲爱的先生呢？我已不知该如何称呼您了。是呀，若从我们最近的一些信件来看，我们已经不是从前那对无话不谈的好友了，难道不是这样吗？看来，您已经完全地将我忘记了。您曾说过您那曾经“深切感受到的炽热友情”已经远去了，一丝踪迹也寻不到了，这一切到头来竟只是如梦一场。

于我，就请您千百个放心，我从未曾忘记过您。自您最后一次给我来信后，我又给您去过两三封信。或许具体几封我也已记不清了，都是两三个月以前的事情了。可是您就再也没有给我回过信，这究竟是什么原因呢？请您告诉我吧。

我私自寻思是不是自己曾无意间冒犯过您，可我实在想不出自己在何时又如何冒犯了您。对于您我可是从未存过半点坏心，若真的冒犯过您，请一定相信我，那肯定是我的无心之过。以往的信里我也曾真诚而卑微地请求过您的原谅，现在我再次向您发出同样的请求，请您给予我再一次的机会，我保证我会变得更加严肃认真，以后给您写信都要戴好手套再开始。呵，还是算了吧，我知道这一次您也不会给我回信的。给您写这封信实在是因为我感到无聊透顶，今早我突然想到了您还有我们之间那过往的友谊，不知怎么一种好奇感竟油然而生。这让我暗自发笑，然而笑着笑着却又感觉万分伤感，最后竟有那么一丝被羞辱的情绪泛上心头。您愿意听我向您坦言自己那些真诚而又坦率的想法吗？

然后我又思考着，或许当您读到我给您写的那一封封情真意切的书信时，您会感觉我已经爱上了您，因而对我产生了误解，同时认为我不再配得上朋友之称，这才收起了对我的友好之心。哦，斯塔尼斯，这就是我的真实想法啊。

请原谅我以如此直白到露骨的方式告诉了您我的真实感受，因为我觉得自己被误解了。有时候，一些思维上的直觉会将事情变得复杂起来，我曾在梦中有过类似的感受。我请求您，请您重新向我伸出友谊之手，不要让那些不相干的思绪烦扰到您平静的心。是的，我向您承认，我爱您，但这份爱无关男女，而是一份纯洁的友谊之爱。我爱您，就像爱我的兄弟一样，所以我才能毫无保留地将自己的灵魂展现在您的面前，您也可以像给一位挚友写信那样与我交流，我们之间就是这样的，对吗？可我现在却非常严肃正经地在给您写信，虽说这是件令人觉得好笑的事，因为我还在认真地在信纸上划着横线，表情严肃得好像正写着什么国家机密一样。我的内心有一个小小的声音，轻声笑着，既有孩童嬉笑时的天真，又略带一丝狡黠。这声音提醒我，我应该告诉您我之所以不能作为一个女人爱您的原因，可我却想还是下次再说吧。因为……因为我害怕，除了我其它的猜测外，我还很害怕，您已经死了！我并不是在开玩笑。

不，不会是这样的！上帝啊，如果您真的已经死了，撒丁岛的报纸多少要有报道的。我衷心地希望您能永远健康，长命百岁，快乐幸福直到永远！

我也很幸福，很健康，如果您能给我回信并告诉我您还没有完全忘记我，没忘记我们之间的友谊，那我就会更加高兴了。如果您不愿以私人的方式表达，那么文学交流也是可以的。斯塔尼斯，您说好吗？

再见了！我本应该将大伙儿的祝福统统转达给您的，可我又该如何称呼那些已被您遗忘在撒丁岛的朋友们呢？算了，就算我替他们转达了祝愿吧，在您看来或许这是可有可无的吧，那么我就只送上自己的祝福好了。

可我还是担心，是否我的祝福于您来说也是那样的无关痛痒呢。不管怎样，我还是一如既往地祝愿您幸福安康！

您的老朋友和小朋友格拉齐亚·黛莱达

1892年6月1日，努奥洛

另：

这封信我足足写了有五六日，也一直在犹豫到底要不要寄给您，因为我实在害怕仍旧得不到您的回音。

哦，请您在收到信后给我点回应吧，哪怕只是寄来一张您的名片也好，至少我能知道您还活着。除此以外我别无所求，只请您不要让我一直生活在这样的猜测之中。您出身名门，自然无尚尊贵，您是一定知道这些礼节的。

格拉齐亚

1893年11月29日

您为什么就是不给我回信呢，斯塔尼斯？为什么就不能满足我那唯一的也是最后的心愿呢？为什么？为什么？难道是由于您的生活环境充满了喧嚣，充满了怀疑，就让您的心也跟着变得坚硬起来了？您为何对我这样的一个弱女子如此狠心？我对您从不曾有过半分加害之心，以后也就更不可能有了。请您把我以往给您的信件都寄还给我吧，斯塔尼斯，请您可怜可怜我……您可曾记得，我从未向您提出过任何请求，这一次我希望能得到您的恩惠与垂怜。您明知我备受煎熬，却似乎还因此而开心……您一定觉得我是如此地谦逊，如此地顺从，所以不愿意施舍对我的慰藉，哪怕一丁点儿都不愿意。或许您是在报复我，像您可能折磨其他女人一样地折磨着我。您这就做得太过分了，太过分了。您是否知道现在的我有多么不幸福呢？我是真的非常不幸福，没有浪漫主义的围绕，也没有自由幻想的陪伴，还有种种您根本无法想象的烦心事苦恼着我。在此，就请您不要再对我这样残忍！给您写信时，我的泪水一直止不住地往下掉。斯塔尼斯，现在我给您写信，只因为今晚是我人生中最为伤心的一个夜晚。我得告诉您，现在的我有多么不幸福，您一个残忍的举动便破灭了我的幻想，让我的心愿无法实现。尽管如此，我还想再次请求您的垂怜，如果我冒犯过您，那么请您原谅。请您将我的这个小小心愿当作是一个垂死女孩的最后遗愿，把它当作是对我的最后一点施舍，如此说来您还忍心不满足我这小小的愿望吗？

如果您想知道，那么我就告诉您全部的真相。这真相对您来说可能是美丽的，然而对我来说却是既令人悲伤又给人解脱的。我如此迫切而不近乎常理地想要拿回我的信，是因为我已身患重病命不久矣。临死之前我只希望能抹掉一切曾经留在这人世间的种种痕迹。或许我还能够痊愈，但我已不大相信奇迹的发生，九月的时候，我就已离死亡一步之遥了。事到如今，哪怕只是一次小小的反复都有可能随时要了我的性命。这就是，这就是我要告诉给您的事实。现在，一切就交由您来决定吧！交给我一直尊敬的，一直认为是无尚高贵的您来决定。

而我，我已下定决心不再叨扰您了，这是上帝的安排，我必须遵从。

那么，永别了，永别了！

格拉齐亚

1893年11月29日，努奥洛

1893年12月5日

八天前的晚上，斯塔尼斯，也是这个时候，我和您道了永别。然而今晚，我又提笔给您写信了，您是否会怪我过于轻浮草率呢？我不知道。不过我知道您一定会原谅我的，就像您以前也总是原谅我一样。我一遍遍地读着这封几小时前刚被送到我手中的您的最新来信，在不知不觉中又泪流满面了，我深深地感到自己被一种超越所有言语和意志的痛苦击倒了。

“如果您有什么需要我做的，只要力所能及，请您毫无保留地告诉我。”您在信里这样和我说。可是您并不能为我做什么，我也不向您要求什么，我只希望您能做我之前和您说过的那件事情。我已经病入膏肓，将不久于人世了。尽管我的人生短暂，可在内心的某个小小角落中，我却似乎已经度过了极为充实与悠长的一生，也做过许多许多美丽的梦。您看，这是多么的奇怪，我甚至觉得这将尽的生命不过是我做过的另一个梦罢了，这可实在令我心痛。

尽管身体每况愈下，可我的精神依然清晰活跃。您若读读我新写的那些故事，便可知我所言不假，它们个个妙语连珠充满深意。您可以读一读那篇关于圣诞的故事[①]，预计会登在下一期的《自然与艺术》上。您说，如果是一个垂死的灵魂，它能写出这样的故事吗？

但我却又是那样地疲惫，周围的一切都让我心烦。爱情、友情与名声，现在就连来自家人的关怀在我看来都成了虚幻。有人对我献过殷勤，也有人真心实意地爱过我，有人嫉妒我，还有人憎恨我；天堂的荣光在藐视我，就连好运也不再眷顾我。我不再梦想什么，也不再去追寻什么，这世间在我眼中只是一座刷白了墙的坟墓而已。凡是我们所见之处，在每一个笑容的背后，在这天地寰宇之间，都只有利益，只有自私，只有虚伪，只有欺骗，只有背叛！

这一切您是明白的，对吗？哦，您真应该好好了解了解这一切！

我将您的信读了又读，我再次感受到了那种痛苦缓缓地爬上心头，我要将这痛苦与我的肉体一同埋葬。哦不，在这之前我还得跟您要回我的那些信件，我一定要拿回来，一定要……难道您留着有什么用吗？对您可有什么重要的？又能带给您什么呢？您为何要让我如此遭受煎熬？您对我献的这份"殷勤"可真是恐怖，简直可以说是无情，现在说来还真称得上是"世纪末的无情"了呢！您曾说"我的青春与您的来信甜蜜地交织在了一起"。这真是令我难以置信，为何您要如此地轻视我羞辱我呢？我的那些信件对您而言，唯一能够留下的恐怕也就是忽而来去的空虚感吧。在此，我希望您能放弃那份无法真实存在的空虚感，求您行行好满足了我的愿望吧。作为交换，我愿意听从您的一切吩咐，一切遵照您所说的办。如果您愿意，我们还是朋友。如果您不想再收到我的信，我也保证将不再给您写信。我会遵照您的话，您怎么说我就怎么做。

---

①《恶毒的眼光》刊登在 1893 年 12 月 15 日出版的《自然与艺术》上。——原注

正像我曾和您说过的那样，请您把我的这个小小心愿当成一个垂死女孩的最后遗愿，把它当作是对我最后的一点儿施舍，这样您就不会再忍心拒绝我这最后的请求了。请不要再出于怜悯对我说那些恭维的话了，这样只会让我更加羞愧，让我更能清晰地感受到我内心的痛楚。

永别了！永别了！请您一定要幸福，不要把我想象得比实际的我更加丑恶。哦，斯塔尼斯，斯塔尼斯，永别了！

格拉齐亚

1893 年 12 月 5 日，努奥洛

1894年2月6日

我亲爱的斯塔尼斯：

既然您已慷慨地满足了我的请求，还为我附上了您的作品《撒丁岛杂记》，那么若有什么需要我做的，也请您直接告诉我。但至少目前来看，除了对您表示衷心的祝福外，我真不知还能为您做些什么。您一定希望别人祝您“财源广进”吧？是的，其实想发财很容易，可是等到真正有钱后又该做些什么呢？其实，胡搅蛮缠一点，处心积虑一点，就可以致富了。您看我，我就很想富起来，哪怕从来没人对我说过“财源广进”。

可是，您又真的相信，人有钱了就会变得幸福吗？不，我不信，不是这样的。我想把我的看法告诉您：金钱是一切灾难的根源，人们只有通过劳动才能获得真正的幸福。只有在度过辛勤的一天后，才能在临睡前躺在床上对自己说：“我今天过得很充实，我没有浪费我的生命。”这样的人才是真正幸福的人。

斯塔尼斯，你一定要努力工作，一定要好好工作，绝不能懈怠。这样我才会对您终将所得的财富与荣耀感到欣慰和欢喜。

我自己一直保持着良好的工作状态，否则我会因虚度光阴而无聊至死。我的姐姐已经结婚了，现在家里得靠我当家，而我却比以往更加专注于学习与写作。平和的精神状态是上帝赐予的恩宠，而这平和只能在工作中寻得。那些闲散的背后只有枯燥，是最为愚蠢的“享受”，更是令人受尽折磨乃至偏离正道的祸首。我曾经跟您提到过，我想当一个幼儿园的园长，可遗憾的是，他们没有录用我。尽管如此，我还是想做一些善事，一些有用的事。若能如此，我将感到非常幸福。真希望您能知道，我那可怜的生活中存在着多少令我伤心的事！

真心地羡慕您！您是那么地有福气，可以真正地投入工作，真正地过属于自己的有意义的一生。

还是回到正题上来吧。依您之见，那些民间传说都是骗人的玩意儿？可它们确实是人民的科学呀！不过我也在这儿悄悄地向您承认，有时我也会对这些传说感到厌倦，但我还是会完成那本介绍努奥洛民俗的书的，然后再用个笔名出版出来。书中几乎涉及不到民间传说的内容，因为我打算专门给《自然与艺术》杂志写一篇介绍传说的文章，他们的稿费给的可真是高。

我打算就不给您父亲去信了，因我实在不知他是否尚在人间。

请原谅这次给您这么短的信，我也很想再跟您多谈谈，可我确实该出门了。希望我的信不会让您感到无聊，您也不必想着非回复我不可。只请您允许我能这样时不时地给您去封信，就像朋友间那样。

希望您事事顺利！最诚挚的祝愿！

格拉齐亚

1894年2月6日，努奥洛

1894年2月19日

我亲爱的斯塔尼斯：

我又给您写信了，也许这是我最后一次给您写信，但只请您耐心听我讲完。我想我做了个梦，梦中那是十分忧伤的一天，梦中我感到天上的太阳不会再为我而升起。

关于婚姻我又有了一个新的困惑，或许也只是我的老毛病又犯了。他很年轻又面容俊俏，生于一个普通家庭，虽说是个没有头衔的民主人士，但是也能赚得不少的钱，况且还很有发展前途。哦，斯塔尼斯，我到底应不应该嫁给一个像他这样的人呢？难道我就必须将心撕扯得粉碎再去忍痛告别我这第一份或许也是最后的一份爱情吗？昨天，我将您所有的来信从头至尾读了一遍。当您的第一封信被送到我手上的时候，我正爽朗地笑着，那是娇媚春日里的一个清爽夜晚，到处都洋溢着生活的愉悦。如此种种都被我记得一清二楚，您给我的最后一封信就是那张前天寄到的明信片，我把它们全部都重读了一遍。我还找到了那封短信，就在那封信上您第一次对我使用了尊称，就在我打算给您寄去我的肖像画的前几天。我曾经一直觉得，您是爱过我的，或许现在您仍在爱着我。但就在这一刻，曾经您所有的来信，包括您那如铁钉般深深钉在我脑海中的字迹，都渐渐地模糊远去了，甚至消失不见了。那些饱含情感的语句也都跟着黯淡下去，犹如美梦初醒后，一切都幻灭了。

真希望您能知道我有多么痛苦，多么不幸。因此我就立刻提笔给您写信了，请求您能将我从这难以承受的苦难中解救出来。请您亲口告诉我，我是个傻瓜，我不该对您有任何奢求，不该对您存有半点非分之想。就算在那看不到的未来，我也无法与您共享您一直所期望获得的那些财富，尽管我也曾衷心地祝福您能够“财源广进”。

您能看见我哭得有多伤心吗？我的泪水如金子般珍贵，往日的我此刻正沉浸在梦乡中。几乎每一夜，我都会梦到您，每一夜啊。

永别了，永别了，一切的一切要在今天画上句号了。请您一定给我回信，不要再那样狠心。

就算您认为我疯了或对我很失望，也都请您一定回复我。只有这样我才能试着忘掉您，去接受其他人，只有这样我才能离开这个伤心地去看看遥远的他乡。二十岁的我已现白头发，生活于我来说本身就是最大的痛苦。

请一定给我回信，斯塔尼斯，这会是您给我的最后一封信。即使您并不情愿去拯救一个日日饮酒毫无生气的灵魂，也请您给我回信。

再见了！这一别或许就是永生。

您卑微且不幸的格拉齐亚

1894 年 2 月 19 日，努奥洛

1899 年 10 月 4 日

在沉寂了若干年之后，我给您写信是想请您帮我一个忙。通过一位记者朋友的关系，我给《政治文学》杂志寄去了一部中篇小说，至今已有六个月了。如果那部小说现在还没有发表的话，我想要回我的手稿。您能帮我这个忙吗？您一定是愿意的，对吧？在此，我向您提前表示感谢，也请您原谅我的冒昧。

我知道您上个月在萨萨里。

而我却从未离开努奥洛一步。我依旧平静地生活在我们初识时我住的那间房子里。只是这房子越来越冷清，已渐渐失去它那迷人的巴洛克风情。我正在变得富有起来，我每日学习、工作，也更加智慧了。我的心里只有我的这个小家，现在的家中只有我和母亲以及两个年幼但非常聪明的妹妹。

我将您曾给予我的那些遥不可及却又梦幻般的记忆统统深藏在了心底，从不曾忘记。

因此，请善待您的

格拉齐亚·黛莱达

1899 年 10 月 4 日，努奥洛

1900年1月18日

我在这里，面朝着苍茫得一望无际的大海。我很幸福，这幸福来得很纯粹，也很温馨。我的丈夫是个好得不得了的年轻人，他爱我，我也爱他，我们是自己小世界的主人。感谢您为我所做的一切。我们可能近期就会去罗马，我邀请了演员维塔利亚尼[①]来参加我的婚礼，但我没有见到她。如果您能跟她联系上，请替我转告，我将会去拜访她，她若有空也可以来找我。

再次感谢。永远祝福您的

格拉齐亚·黛莱达

1900年1月18日，卡利亚里

---

① 维塔利亚尼(Italia Vitaliani，1866—1938)：意大利著名女戏剧家、电影艺术家。

1909年2月10日

亲爱的斯塔尼斯：

感谢您充满善意的来信。您对我总是那么好，而我对您也始终怀有一种无人能替代的仰慕。另外，我给您寄去了我的最新小说。

最诚挚的祝愿来自于您最忠诚的

格拉齐亚·黛莱达

1909年2月10日，罗马